柠檬梦
LEMON DREAM

唐奕然　著

浙江少年文学新星丛书·第五辑

海飞　主编

四川大学出版社

责任编辑：刘　畅
责任校对：段悟吾
封面设计：天恒仁文化传播
责任印制：王　炜

图书在版编目（CIP）数据

柠檬梦／唐奕然著．—成都：四川大学出版社，
2018.11
（浙江少年文学新星丛书．第五辑）
ISBN 978－7－5690－2588－0

Ⅰ．①柠…　Ⅱ．①唐…　Ⅲ．①长篇小说－中国－当代
Ⅳ．①I247.5

中国版本图书馆 CIP 数据核字（2018）第 273749 号

书　名	柠檬梦
著　者	唐奕然
出　版	四川大学出版社
地　址	成都市一环路南一段 24 号（610065）
发　行	四川大学出版社
书　号	ISBN 978－7－5690－2588－0
印　刷	成都市兴雅致印务有限责任公司
成品尺寸	145 mm×210 mm
印　张	7
字　数	120 千字
版　次	2018 年 12 月第 1 版
印　次	2018 年 12 月第 1 次印刷
定　价	35.00 元

◆读者邮购本书，请与本社发行科联系。
　电话:(028)85408408/(028)85401670/
　(028)85408023　邮政编码:610065
◆本社图书如有印装质量问题，请
　寄回出版社调换。
◆网址:http://press.scu.edu.cn

版权所有◆侵权必究

唐奕然

2004年6月7日出生,就读于杭州江南实验学校初中部。一个热爱写作的文艺少女,在多个级别的作文比赛中获得佳绩,同时还是学校管弦乐团的大提琴手,该乐团在省、市、区级的艺术节中都曾获得过一等奖。她精力充沛,是学校运动会上当仁不让的长跑选手,还参加了学校的海模队和车模队,在省赛中有多个一、二等奖奖项。喜欢养猫,同时也对bjd玩偶有着异常狂热的喜爱。2016年3月,她写的作文《"消失"之谜》在杭州市滨江区小学生"喜迎G20,争做文明小天使"现场主题征文展示活动中荣获优秀作文奖。2016年9月,在江南实验学校的组织下,她汇编了由自己暑期撰写的23篇短篇小说组成的书籍《追逐的那颗星》,近5.5万字。2017年,她的作文《永远的家》在25届奥林匹克杯全国大赛系列竞赛(全国作文大赛)中获得三等奖。

2009 年 12 月

2011 年 2 月在塞班

2012年2月在巴厘岛

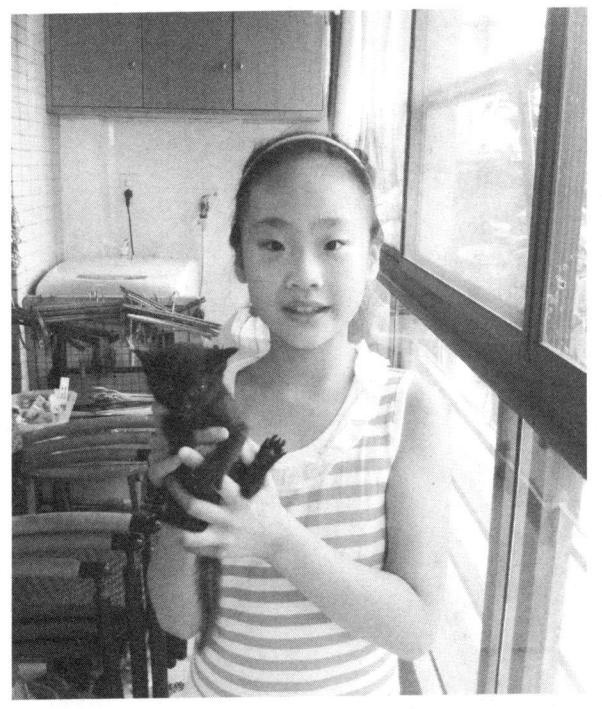

2013年6月在家中

4

2013年7月在青海

2014 年 1 月在家中

2014 年 2 月在白堤

2014年12月在新年晚会上

2015年2月在芽庄

9

2015年7月在敦煌

2016年8月在西湖

2016年10月和作家流潋紫合影

2016 年 10 月在家中

2017年1月参加演出

2017年2月

2017年4月和爸爸妈妈一起

2018 年 4 月在黄岩

2017年5月参加乐团合奏

父母寄语

逗逗是一个有着自己小世界的孩子。

很多年前，家里收留过一只流浪猫，生了好几只小奶猫，其中一只黑白色的叫可可，逗逗非常喜欢。那时，她大多数作文都能和可可扯上关系，连带着影响周围的孩子都写和猫有关的文章。在逗逗的小世界里，可可聪明、勇敢、有教养，带着弟弟妹妹们行走江湖，遇到很多的困难，从不放弃。每晚洗澡的时候，逗逗会即兴发挥讲一集可可的历险记，我必须认真听，因为她时不时会停下来问我讲到哪儿了。洗澡的时间总是拖得很长，有时洗澡结束了她还没讲完，就跟在我后头像个小喇叭一样继续讲。我清晰地记得她讲到了101集，可可成了我们洗澡的代名词。

可可已然不知道在哪个世界继续它的历险。逗逗开始写人，写那些奇异世界里的人和动物之间的故事。她在网络上写，在随手捞来的本子上写，写完到处扔。我偶尔看到，她的文笔构思都让我吃惊。我追着她要底稿，把收罗到的23篇故事集结成一本小册子《追逐的那颗星》，纪念她的童年时光，也纪念可可。

进入初中，学业越来越忙，码字的时间越来越少，可这并不影响她产生一个又一个脑洞。洗澡时她给我讲她的脑洞，又自言自语状若疯癫，洗完澡赶紧去记下来。她与时俱进，在手机上噼里啪啦飞快打出几万字的小说，效率让我咂舌。

愿逗逗永远拥有她的小世界！

母亲　蔡小燕

校长寄语

忽然间收到了唐奕然同学的小说《LEMON DREAM》,细细拜读后不禁让我感叹,在幸福江南浓浓的文学氛围下,又一颗江南文学之星正冉冉升起。继24万字的网络作家朱奕晨之后,小作家——唐奕然同学又崭露头角,正是"小荷才露尖尖角"。希望奕然能执着于自己的文学爱好,笔耕不辍,坚持创作,幸福从江南起步,成就自己的文学之梦。

杭州江南实验学校校长　金晓东

同学寄语

她是我们班的文艺少女,在写文章上很有才气。而学习生活中的她却是一个很"不正经"的人。她很逗,我作为她的同桌经常因为她的一句话和她一起傻乐。

陈雨如

她是位多才多艺的女孩,拉得一手好琴,参加学校乐团,几次得奖;她为人善良,总喜欢帮助同学;她酷爱写作、阅读。加油,奕然,为你喝彩。

梁梓晏

2018年的暑假,我想我永远会记住这个夏天,因为,我的同学唐奕然在她14岁的时候将出版她人生第一部励志小说《LEMON DREAM》。我由衷地为她感到高兴,却一点也不意外,因为她爱写作、爱观察、爱思考、爱生活、爱坚持、懂感恩。唐同学特别喜欢将生活中的真实事情写出来,这篇《LEMON DREAM》源于生活,我想里面可能还有我吧。我知道唐奕然的梦想是成为一名作家,相信她一定会梦想成真。

张恩泽

勤奋好学、温文尔雅是大家对你公认的评价。生活中总能见到你淡淡的笑容,这源于你的自信,亦源于你的实力。最欣赏你优美的语句、清新的笔调,你的日记和作文很好地证明了这一点。你是我们班深藏不露的小才女,唐诗宋词、小说散文样样精通,在一年间便写出10万字左右的励志小说《LEMON DREAM》,相信你能在文学之路上越走越远!

沈伊轩

序

认识奕然是在数年前,她是一个沉默文静的小女孩,极少说话,但沉静透澈的眼底隐有灵光闪动,似乎有很多自己的想法。那时她把自己平日的文作给我看,尚是小学生的她,字里行间已经极有自己的想法,并不流于旁人对世间万物精雕细琢般的描述与记录,她的大脑里有另一个跳脱奇异的世界。

这回拿到的新作,越看越是吃惊,少有这个年纪的女孩子女生气的表达,文字简练,更类似于一个剧本,在情境中以对话带动情节。故事创设在作者熟悉的校园环境中,却透露出一种难得的置身事外的冷峻感,笔触理智而老练。

读完全篇,心情是非常欣喜的。对于文字的热爱与执着可以延续终身,人生有阴霾时,文字便如乌云后的阳光,镶着金边照亮人间。

流潋紫

作者介绍:流潋紫原名吴雪岚,系《后宫·甄嬛传》《后宫·如懿传》作者,第九届浙江省作家协会主席团委员。

内容简介

　　《LEMON DREAM》是一本讲述五个高中生因梦聚集，一起为梦想奋斗的故事。故事开始于高一，主角白小岚和方云叶因为喜欢音乐，想组建一个"属于爷们"的音乐团体，但由于各种原因没有上报学校，成了一个地下组织。后来因各种机遇，这个组织又多了运动少年江奕、年级第一的关旭与作曲天才叶玄……

　　家长反对，父子关系僵硬，朋友间的摩擦……这种种都成了他们前进的阻力，那么，这五位少年，是否能将问题一一化解呢？

目录

第一章 懵懵懂懂

002　地下组织
004　神秘来信
007　奇怪的人
011　要加入吗
015　买一送一
019　闭门不出
022　欢迎加入

第二章 慢慢摸索

030　大花
034　打工
040　事出有因

044　队长与队名

047　排练现场

051　第一次公演

第三章　全面提高

058　家庭的小秘密

068　区级比赛

073　学习乃万物之本也

080　校运动会

082　学生会申请

第四章　渐入佳境

088　暑假特训

092　坏消息

096　你好杭州

101　战书

105　比赛！Action！

110　焦急等候

第五章　跌跌撞撞

114　一失足成千古恨

119　可以加入吗

125　ASW的告别

128　专业人士（一）

131　专业人士（二）

133　多云转晴

第六章　星光璀璨

140　樊华世

146　夜幕

151　比赛前夕

155　比赛

158　风平浪静

番外

162　重聚

172　竹马趣事

185　图书馆

188　丁弘越坎坷的追梦之路

第一章

懵懵懂懂

地下组织

"小白,走了。"

"好嘞,马上!"被叫到的男生加快了整理书包的速度,只留了一本笔记本在手,便跑到教室门口与叫他的男生一同离去。

他们下了楼梯,又穿过足球场,最后在操场附近的竹林边停下,而他们的目的地,就是坐落在竹林旁的一个"铁盒子",或许是离树太近,整个"铁盒子"都布满了杂草,看起来十分破败。

"学校居然还有这种地方。"稍高一些的男生感叹道,"亏你找得出来。"

"那是!也不看看我白小岚是谁!"白小岚得意地看着方云叶,得了,平时成绩上被他处处鄙视,这下出了口气。

"你收拾的?"方云叶没理他,对里面细细打量起来。

说句实话,里面算不上干净,角角落落都还能见到蜘蛛网的影子,屋里都是大大小小的、学校废弃的木箱,连套像样的桌椅也没有。不过再想想,能有个地方给他们活动就不错了。

说起这事，他们也是找事——准确地说是白小岚，一心励志于唱歌，凭着小时候和旁边这位一起学的钢琴技术就想组个组合，梦想是带领组合登上大舞台唱歌。但就算是刚开始，一个人终究太尴尬，而且他刚刚进入高一，真心朋友也不多，最后白小岚就把想加入文学社的方云叶给死拽了过来，顺带一提，方云叶还会点吉他，不过技术不太好就是了。

"嘿嘿，就擦了擦，箱子太沉，懒得搬。"白小岚厚着脸皮回应。

"……所以我为什么要跟你瞎起哄！"方云叶收回了之前那种刮目相看的表情。

"喂喂喂！什么瞎起哄！我是认真的，你看，曲谱我都找人准备好了。"白小岚以为他要反悔，连忙把笔记本一翻，摊开在方云叶面前。

"找人？"方云叶接过本子，照着上面的曲谱哼着。

如果忽略是"找人"的，方云叶还真想表扬一下白小岚带来的谱子不错。

"哎，不说这个，我帮你背了吉他，现在开始练习吧！"白小岚说完，故作神秘地把一个长方形箱子推到方云叶面前，让他亲手打开。

方云叶疑惑地开箱，"难道是我的吉他吗？怎么在你这儿？"他把琴套拆开，一看，果然是自己的吉他。

"嘿嘿，我和阿姨说了声……"白小岚略心虚，"好啦好啦，叶子你试着弹弹看吧！"

"你真以为……"想成立组合就这么简单？

但看着白小岚笑盈盈却又认真的眼神，方云叶后半句话终究是憋在了心中。

白小岚举着乐谱，示意方云叶可以开始弹了。

方云叶磕磕巴巴地弹着，白小岚也迷迷糊糊地听。弹到最后，方云叶自己都听不下去了，尴尬地止住。

"我还是回去先练练吧……"方云叶想了想，觉得不妥，又改道，"用钢琴。"

"什么？"白小岚的脸顿时苦了下来，"为什么啊，还不错啊。"

"你听了吗？"方云叶无奈地收起琴。

这次白小岚不说话了，毕竟他真没认真听。

神秘来信

"Bye。"两人在学校门口道了别，便分头回家了。

白小岚一回家就直奔电脑，他想趁着父母回来前，把乐谱的电子稿发给方云叶。

不过，出其意料的，在未读消息的一栏中，赫然躺着一条回复——是他在年级群里结交的哥儿们，在几次闲聊中，白小岚隐隐感觉得出，他在作曲方面有着非凡的天赋，不过他自己似乎没什么自信。

——曲子……还可以吗？

说起来，白小岚今天的曲谱就是从他这边捞来的。当时白小岚也是求了他许久，并且斩钉截铁地对他说："没问题的，我相信你的能力。"他才犹犹豫豫地将谱子发过来。

——自信一点啦，曲子很棒。

——曲子很棒？真的吗？

——真的真的，我死党也这么说。

发出这句话后，对面迟迟没有回复。

估计是离线了。

白小岚从他的聊天框中退了出来，把曲谱的电子稿转发给方云叶。至于方云叶，白小岚可不指望他能回复，这个学霸天天有事没事往图书馆跑，据说是因为年级第一经常去那里自习，他想跟随年级第一的步伐，学点学习方法。

——谢谢你们。

正发着呆，另一边就来了信。

——不用啦，你家人肯定以你为骄傲吧。

白小岚幻想着，如果自己有他这么厉害，说不定妈妈会高兴得睡不着觉。

——是吗，不觉得这样。

白小岚的嘴角不禁抽搐了一下，太谦虚了。

——你们组合打算收几个人？

对方大概是感受到气氛尴尬，所以特意岔开了话题。

——没想过诶，应该不会有人注意到这边的吧。

毕竟活动场所这么偏僻，而且各社团招生那可谓是各出奇招，不放过每一个路过的新生，人才估计都被抢光了，何况他们还不是社团……

人才么……白小岚灵光一现，焦急地问道：你加入社团了吗？

——没有。

"太好了！"白小岚叫了出来，喜形于色。

——加入我们吧！

——算了吧。

谁知对方回绝得倒是爽快，而且话一发出，就立马离线了，根本不给白小岚劝说的机会。

奇怪的人

绿叶借助阳光的斜射,在地上留下了自己的影子,偶尔有几只麻雀停在了树梢上,带动着树影晃啊晃的。在它们旁边的一个"铁盒子"里,时不时会传来吉他的声音,仿佛是舞蹈的伴奏一般。

而那伴奏,是方云叶与白小岚在日常排练。

虽说挂着排练的名号,倒不如说练曲子更合适。

"奇怪吗?"方云叶反复弹奏着一小段,总觉得哪里弹错了。

本还发着呆的白小岚,这下回了神,随口点了个方云叶最爱犯的毛病:"你是不是看错升降号了?"

果不其然,方云叶恍然大悟,掏出铅笔在上面做了记号。

正要再次确认的方云叶,手上的笔被一阵突如其来的敲门声给吓到了地上去。二人对视了一眼,最后白小岚败了下来,悻悻地去开门。

门外站着一个身着运动衫的少年,身高高于白小岚,白小岚心中略有不平,没好气道:"干什么?"

"我想加入体育部!"男生声音洪亮,也十分有活力,正想和他解释些什么时,方云叶却一把扯回白小岚,"抱歉,体育部在左边操场。"方云叶说完,便甩上了门,老旧的铁门发出了痛苦的呻吟。

门外安静了下来,估计是发觉自己走错了地方,方云叶和白小岚这才松了口气。

"好,我们继续!"白小岚拿出谱子,"我们先熟悉下谱子,唱几遍再弹吧。"方云叶点头表示同意。可唱着唱着,就觉得光线有些昏暗了,这屋子的灯早在几个月前就报废了,而他们光顾着带谱子,竟忘了带小灯来。

"这样对眼睛不好。"方云叶合上谱子,顺手把白小岚手里的本子也合上,"我去学生会那边申请修灯的事。"

"等等!那我们不就暴露了吗?"白小岚急了,连忙拦住方云叶,学校已经有了一个音乐社,所以根本不可能容下他们这个看起来不太正经的小组织。

"那怎么办?今天先不排了?"方云叶一想也觉得有理,便没开门,在门口询问。

"咚咚咚!"恰好在这时,门又被敲响了,方云叶刚靠在门上,突如其来的震动,震得他头疼。

"你有完没完啊!"方云叶黑着脸,开了门。

门外的少年一脸无辜,"我想加入……"

"随便随便，我不管！"方云叶怒吼，可门外的少年却不在意，他反倒欣喜地抓着方云叶的手臂，激动地道谢。

白小岚在一旁默默注视着这两人，总感觉那个男生误会了什么。

"刚刚是灯坏了吧，我去借个灯给你们！"男生活力满满，说罢就要走。

"等等，你叫什么来着？"白小岚干脆睁一只眼闭一只眼，问起男生的名字来。

"江奕，江水的江，神采奕奕的奕！"说完就没了影。

"倒还符合他的性格。"方云叶叹了口气，心中思考着该怎么样消除这个误会。

江奕一路狂奔到六班，见关旭还没走，就兴奋地扑上去，一把勾住关旭的脖子。

"大花，我被体育部录取了！"江奕激动地说。

"是吗？那你好好训练吧，可别像初中那样。"关旭笑着，关于这个外号，关旭已经不想和他计较了。

"呵，那怎么会！你又去图书馆啊？"见关旭抱着一叠书，一眼扫去全是教辅资料，看着就乏味。

"否则呢？你以为第一这么好当？"关旭想到上次的成绩表就觉得后怕，第二名居然只和他差了三分！再不努力就晚了。不过想到这里，关旭不禁有些激动，碰到对手也是好事嘛。

"那我就不打扰您老学习了，对了，你带灯了吗？"江奕可没忘正事。

"哈？我为什么要带灯？"关旭失笑，"好了好了，不陪你闹了，再不去就没位置坐了。"

说罢，他就提着书包匆匆离去。

"哎，怎么走得这么快……"江奕无奈，只好转去附近同学那里去借，可谁会带小灯来学校呢。

最后江奕只好垂头丧气地回去。

"怎么了？"白小岚好奇地看着他，怎么走趟回来就不开心了呢？

"他们都没带灯，对不起啊，我没借到。"江奕抱歉地看着他们。

"你真是奇怪。"方云叶无奈，"你去帮我们借，我们还要谢谢你不是吗？"

"就是就是。"白小岚也道。

江奕倒是瞬间就释怀了，不到一秒就又恢复了神气活现的样子。

奇怪的人。

要加入吗

江奕再少根筋也不是傻子,他还是会发觉到不对劲的,虽然明白是自己的失误和执着才导致一系列笑话,但他内心还是有些不舒服。

最终在他内心的斗争下,当天下午没有去白小岚那里,而是问清楚体育部的位置,赶去那里报名了。

"你要加入我部?"部长拿着那份申请书,怀疑道。

"是!"江奕有些紧张。

"哈,荣誉记录为无?"一个社员凑过来,毫不遮掩地嘲笑,"你是来搞笑的吗?"

"喂!你怎么能这样说,难不成你很厉害吗?"江奕有些怒了。

"啧,我可是得过区级比赛第一名的人。"那人得意地说。

"诶!我记得你!"另一个社员突然尖叫,"你就是以前区比赛里跑短跑的那个!"

"呃,你……"江奕紧张看着那个社员,心快速地跳动着。

"肯定是你,你就是那个在比赛的时候摔倒,结果坐在地上哭鼻子的那个人!"

"哈哈哈……"一群人嘲笑的声音，渗进他的心里，狠狠地打击着江奕的心。他本以为，他早释怀了，可没想到当伤疤再度被揭开，他还是无法原谅自己当时的一切。

那次比赛，江奕是带腿伤上场的，因为他急于参赛，没有向带队老师报告，结果酿成了摔倒的惨剧，因为摔倒时带动伤口撕裂，太疼了，他没忍住哭了出来。真是……黑历史啊。那时候他还住了好久的医院，老师见他自己也内疚，没有责怪江奕隐瞒伤病的事，可偏偏有些人见不得他好，抓着他的把柄不放，见他就喊"娘娘腔"，在那个时候，也只有关旭这个比较铁的哥们还不忘来给他补习，帮助他树立自信心……

伤疤被狠狠揭开的感觉，还真不好受啊……

江奕一把夺回申请书，毫无留恋地离去。

"诶，江……"白小岚正好要去基地，没想到半路碰到了江奕。

"啊，白小岚。"江奕回神，调整了一下情绪。

"你怎么了？不舒服吗？"白小岚见江奕脸色不是很好，关心道。

"没事没事，就是被水呛到了，哈哈，我先回班里，拜！"说完，没等白小岚回应，江奕就跑了。

"诶，你等等我啊！我也要回班里，江……"白小岚也追了上去。

可江奕好歹也是短跑健将，白小岚再怎么努力也被他甩了一大截，还累得上气不接下气。

关旭正想去音乐社晃一圈，沿途就见江奕飞速地跑过去，他还没反应过来，就被又一个飞速奔跑的人给撞倒了。

"对不起，对不起……"白小岚尴尬地帮关旭理好散落的申请表，"没事吧！"

"当然没事，谢谢。"关旭从白小岚手中接过表格，"走廊上还是不要奔跑比较好，特别容易撞到人。"关旭提醒，他毕竟作为班长，对于规则还是很敏感的。

"嘿嘿，意外意外，下次不会了，再见哥们儿！"白小岚一边说着，一边撒腿就跑了。

"哎。"关旭无奈，这人一边答应一边犯规，太大意了吧？这么想着，他又在地上发现了一块校牌，上面赫然印着刚刚那个少年的照片。

"白小岚？江奕是不是认识？"关旭喃喃道。

还没来得及放好校牌，就被迎面而来的江奕给撞得原地转圈。

表格第二次华丽丽地丢在了地上。

"……江奕啊。"关旭心疼他一次次飘落的申请表。

"我是不是很弱……"江奕没心情开玩笑了，他很郁闷。

"你先等等,喂,别哭啊你。"关旭感到校服被某人的泪水给弄湿了。

"我知道男子汉是不会哭的,但我就想哭……"江奕没理他,只是放开了关旭,抹掉了泪。

"你先把泪擦干吧。"关旭找了找发现自己没带纸,便指了指江奕的校服。

"哦。"江奕整理了下情绪,"我之前走错社团了,那里根本不是体育社,然后今天我去真正的体育社了。"

"他们太可恶了!我不就是在比赛的时候摔倒了吗?不就,不就是哭了吗……"江奕的声音渐渐小了下去。

"冷静一下,江奕。"关旭拍拍江奕的背,劝道。

"他们……"

"我知道,他们认为你没资格进体育部,还践踏你的自尊,对吗?"

"是……"

"但你不想想有多少人支持你吗?"关旭耐心开导着,"比如我啊,你父母啊,还有未来的很多朋友。"

"……"江奕平静了下来,接受了关旭的说法。

两人沉默了一会儿,江奕略感抱歉,但他知道关旭不喜欢别人在他看来无所谓的事情上道歉,于是感激道:"大花啊……谢谢你!"

"不就是幼儿园比你多拿了几朵大红花么,你现在叫大花还叫上瘾了!"关旭无奈道,"好了,我得去音乐社试试,你接下来怎么办?"

"你声音很好听。"江奕认真地分析,"还会吉他,应该没有问题的!"

"所以你还是担心你自己吧。"关旭想了想,"要不和我一起去看看?我记得你还蛮喜欢唱歌的吧?"

"……算了吧,我想先平复一下我受伤的小心灵。"江奕笑着拒绝了关旭,但是他已经没有之前那么丧气了。

"那你慢慢平复,欢迎你随时来音乐社陪我。"关旭说完,就赶去音乐部了。

买一送一

关旭赶到音乐社,还真被里面的情景给吓到了。他愣了一下,再次确认自己没有走错社团,才小心翼翼地走了进去。

里面……都是女生啊!

以前是有听说过音乐社的社长是只可怕的"母老虎"的传闻,但也没必要一个男生都不敢来吧?还是说社团规定只有女生才能参加，自己违规了？关旭想到这里，就不敢进活动室内部了。

"诶，小帅哥你是来找人的吗？"一个学姐刚刚来，疑惑地问。

"呃，我……"关旭突然不敢递申请书了。

"啊！你就是瑶瑶的男朋友吗？"另一个女生尖叫，关旭一头雾水。

"哇，是男生！居然敢来？"一些女生在底下窃窃私语。

不行不行不行！太可怕了！

关旭尴尬一笑，"对不起我走错社团了。"随即转身走人。

回去和江奕讲了事情的经过，差点没被江奕笑死。

"很可怕！真的！相信我！"关旭无论怎么辩解，江奕就是听不进去，只知道捧腹大笑。

"学校有没有别的音乐社了，我想去音乐社啊。"关旭托腮，十分苦恼。

"如果有纯爷们的，我一定陪你去！"江奕安慰道，"其实你可以去厨艺社团嘛，你不是会一点……"还没说完，关旭就给了江奕一个爆栗。

"小心下次我放小牧来踩你的新鞋。"关旭恶狠狠地警告。

小牧是关旭的弟弟，关牧还有一个双胞胎妹妹，关蜜。

"别！我错了！"江奕慌了，那小子的厉害他还是知道一点的，不过，就那么一瞬间，他突然想起，"对了，你可以去找白小岚，八班那个，他好像组织了一个与音乐相关的社团。"

"哦，他的校牌还在我这里。"关旭差点忘了那件事。

"你今天可以去看看，我带你去。"

"可今天我还要处理一下班里那个经常不来上学的人的事情，班主任劝不动，让我去劝劝。"

"班长还带这责任？"江奕诧异。

"嗯哼。"关旭疲劳地捏了捏眉心。

"晚点去呗，去一下一分钟的事啊。"江奕劝着。

"可我已经和家长约好六点半……"关旭还想推拒。

"走了，现在才五点五十。"江奕不等关旭废话，就拽着他一路飞奔到"基地"。

这次，是方云叶开的门，在开门的一瞬间，方云叶十分惊讶。

"年级第一！"他的目标！他的榜样！方云叶激动到说不出话来。

"哦！你就是那个图书馆经常坐我旁边的同学。"关旭倒是想起来了，自己还和他讨论过几道数学题。

"是，是我。"方云叶激动完，就是疑惑了，"你怎么会在这里?不是……应该在图书馆吗?"

"我……"关旭刚想解释,就被江奕抢去了话权。

"我叫他来的,他想加入你们社。"

"你们社?江奕你不也是我们社的吗?"白小岚从方云叶身后钻出来,一针见血。

"啊,哈哈,口误,口误。"江奕干笑。

"对了,你是白小岚吧?你的校牌掉了。"关旭从口袋中取出校牌,递给白小岚。

"啊!原来掉了,我还以为我自己扔了。"

"多大了还丢三落四。"方云叶送了他一个白眼,太丢脸了。

"你刚刚说要加入我们?真的吗?"方云叶重复。

"呃,是。"

"你以后在这边自习吗?"方云叶两眼放光。

"看情况吧。"关旭不是很情愿在这里自习,里面环境不是很理想。

"太棒了。"方云叶表面冷静,内心却十分激动,以后不会的问题终于可以随时随地问了。

"那欢迎你,关旭同学!"白小岚向关旭伸出手,年级第一的名字,老师提得让他们耳朵起茧。

"喂,你们还没正式欢迎过我!"江奕厚着脸皮叫道。

"诶，江奕你不是……"关旭一直以为他已经退出了。

"我，我还是喜欢这里！"江奕红着脸，说出了内心的想法。

"啧，买一送一。"方云叶笑着看着这一幕。

闭门不出

"抱歉，我还有点事，先走了。"关旭见结局已定，就匆匆往那位不来上学的同学的家赶去。

迟到可不礼貌呢。

白小岚回到家，还沉浸在招收新成员的喜悦之中，他们已经有四个人了！

——曲子怎么样了？用钢琴弹过了吗？

是上次那个人。白小岚没想到他如此关心，不过这是他发给自己的曲子，关心也是应该的。但自己总不能老是借用别人的谱子吧？团里总得有个会作曲的人。

等等，会作曲的人……

——你要加入我们吗？

——你们只有两个人……

——今天多收了两个别的班的！

对方突然沉默了，过了好一会儿他才回复。

——我还是算了吧。

见对方主动放弃，白小岚也只得作罢。在电脑的另一端，那名男生坐在昏暗的房间里，盯着这句"要加入我们吗"的话看了许久，似乎在思考什么。他的书桌上没有课本，连书包都在角落里积灰，但一张又一张的乐谱，倒占据了他整张书桌。

"又在浪费时间写这种东西！"男人推开门，怒气冲冲地进来，揽下男孩桌上全部的乐谱，"好好收拾吧！过会儿你们班长要来！上次班主任来你不给我面子，这次给我听话点！"

"切。"男孩将头扭向一边，不予理会。

男人刚刚将房门合上，门铃就响了，他连忙理了理衣衫，去开门。

"叔叔您好，我是六班的班长——关旭。"说实话，关旭很紧张，班主任都搞不定的学生，万一战斗力很强该怎么办？何况这种事情他还是第一次碰到。

"进来吧，我们屋子小，同学你随便坐。"

"没事，这是叶玄的作业和一些学科的资料。这样他在家中自学也可以轻松些。"作业资料这些是关旭擅作主张带来的，老师觉得没必要，似乎对叶玄有些放弃的意味。

"谢谢。"男人听到"自学"二字,有些尴尬地笑了笑,接着便带关旭到叶玄房门口。

男人在门口敲了敲门,叶玄在里面没有给出任何回应,男人有些不耐烦了,于是加重了力道又敲了敲,叶玄倒是像赌气一样地锁了门,锁门的声音彻底激怒了男人。

"给老子开门!"

"……"里面依旧没有声音。

"叔叔,我来。"关旭怕再下去男人要踢门了,连忙拦下。

"你好叶玄,我是关旭。"

"你走,我不回学校。"里面至少给了句话,关旭也不至于太尴尬,但对方不开门,他也没办法好好劝,只好先和家长告别,回去想办法,并且答应下次来劝。

次日傍晚,江奕他们见关旭一直愁眉苦脸的,不禁好奇地问道:"怎么了?"

"我们班一个同学不来上学,班主任让我去劝,结果他连门都不开,我在想怎么劝。"关旭干脆一股脑全说出来,说不定他们会有办法。

"……好惨。"到最后也只落得这么一句话,关旭毫无收获。

欢迎加入

——对了小子,你几班的来着?

白小岚对于关旭说的那个人很好奇。

——六班吧。

嘿!这个人还真好玩,连自己几班都要用不确定的语气。

——你们班的关旭认识吗?

——算认识吧。

——太好了,没错了,你们班是不是有一个不来读书的人?

——你认识关旭?

对方问的问题和白小岚不在同一个频道上。

——是啊,我们团的新成员,声音还不错。

白小岚还想问自己的问题,可对方看完自己的回复就下线了,根本不给他机会。

叶玄家中,关旭如约而至,又带了资料来。

"咚咚咚。"本不抱任何希望的关旭,只是过流程似的敲了敲门,但令他惊讶的是,门居然开了,虽然只是一条小缝。

"关旭吗？"门里边传来声音，关旭回答了"是"，话音刚落，就被里边的人给扯了进去，然后那人飞速锁门开灯，动作麻利，仿佛是练过的一样。

等关旭平静下来，已经坐在叶玄给他准备的椅子上了，叶玄自己则坐在床沿，等着关旭开口。

"呃，是这样的叶玄同学，我们全班同学和任课老师都希望你能回校与大家一起学习。"这句话关旭昨天想了好久，改了又改。

"哼，假的吧，如果我拒绝呢？"叶玄虽然把关旭请进来了，但态度还是很恶劣。

"我希望你能……"

"能不能自然点！那么公式化让我很难受。"叶玄打断了关旭的话。关旭有一瞬间感觉自己想拎起眼前的人揍一顿。当然叶玄也是觉得关旭会这么做，正跷着二郎腿等着关旭发火。

"好吧，那叶玄，你可以回来上学吗？"关旭叹了口气，换了种语气。

"……你不生气？我吼你了诶？"叶玄觉得关旭脑子一定有问题，学习学傻了吧。

"虽然我是有点生气，但冷静下来后觉得你说的好像有点道理。"关旭认真地说,"所以还要谢谢你帮我改正这些错误。"

"有毛病……"叶玄诧异。

"你会唱歌吗?"叶玄岔开话题。

"会。"关旭不明白他问这个干什么。

"那……白小岚应该给你谱子了吧?"叶玄侧过身,不敢直视关旭的眼睛。

"有,但你怎么会知道?"

"你管我!"叶玄提高了音量,"你如果给我唱一下那张谱子,我就去学校一天!"

"一天?不公平哦。"关旭为难地看着他。

"怎么不公平了!"叶玄急了。

"应该我给你唱,你就去上学,而不是一天。"关旭试着利用这个把叶玄推去学校。

"……"叶玄盯着关旭,似乎在想这个合约的公平性。

"哎,算了,一天就一天,我认。"关旭投降,说不定叶玄去了一天感觉不错,就一直上下去了呢?抱着如此侥幸的心理,关旭答应了下来。

"那你快唱!"叶玄别扭地命令。

"知道知道。"关旭无奈地清了清嗓子,闭上眼唱了起来。

第一次听到自己的曲子，从别人口中传出来……叶玄静静地站在那里，内心有些感动。小时候，家里原本是支持他学音乐的，因为母亲就是一名小提琴家，可母亲因病早逝，父亲受到了很大的打击，家中便隐隐定下了不触碰音乐的条规。就算父亲发觉到叶玄在作曲上真的有极高的天赋，也视而不见，更不用说培养，叶玄只好在网上学习，倒也没有让这个天赋石沉大海，落得江郎才尽的地步。

可他也需要鼓励和支持啊。

"曲子是你写的吧？很棒哦。"关旭看着叶玄发呆的表情，加上白小岚讲过这曲子是讨来的，隐隐猜到了什么。

"喂！我，我又没有……"

"你就当我会读心吧，好了我得走了，明天记得来学校。"

"切。"

第二天，关旭内心是忐忑的，他不确定叶玄是否能遵守承诺，因为凭叶玄昨天那态度……希望很渺小。

"走开啊走开……我说了我什么都不知道！"一进门，关旭就看到叶玄蹲在地上被同学们包围着，很无助的情景。

关旭这才松了口气，随即发挥班长的威慑力，大喊道："都给我回位置早读！课代表呢？"

"没来……"有一个人小声回应。

"……把英语书翻到××页，开始读！"关旭无奈，继续下令，那些熊孩子这才安分，整齐地朗读了起来。

叶玄也松了口气，但他今天什么都没带，准确地说是他什么也没有。

"江奕，带叶玄一起看书。"关旭对坐在叶玄旁边的江奕说。

"OK。"江奕乖乖地把书推过去。

"关——旭——"关旭只觉得身后有人小声在叫自己。他回头一看，发现白小岚正带着一脸不情愿的方云叶蹲在自己后面。

虽然关旭坐在最后一排，但……

"你们来干什么？知不知道这样要扣分的？"关旭很严肃。

"知道啦，你们班有没有一个很会作曲的人啊？"白小岚昨天请他无果，今天和方云叶讨论后，还想当面努力一把，毕竟他的能力真的真的很重要。

"很会作曲吗？"关旭疑惑地扫视全班，犹豫地指了指叶玄，应该就只有他了。

白小岚和方云叶正想过去，关旭心想不妙，还没来得及拦下，果然就听到少根筋的江奕突然大喊："哇！白小岚、方云叶你们吓死我了！"

一瞬间，全班回头。

方云叶已经十分没面子地跑回自己的班里了，白小岚情急之下只好拽着叶玄到楼道里说话。

"加入我们吧！"白小岚诚恳地说。

"莫名其妙……"叶玄心中一惊，他不会这么快就认出自己了吧？

"你难道不是网上那个给我作曲的人吗？"白小岚有些失望，"抱歉啊，我找错人了。"

"喂！就，就是我啊！"叶玄涨红了脸，叫住欲走的白小岚。

"真的是你吗！那太好了，请加入我们！"白小岚两眼放光，"你看你，声音好听，唱歌又好，作曲满分，长得又帅！对吧？"

"那不是废话嘛！"叶玄自恋地回应。

"来吧，加入我们！"

"我凭什么相信你们这种玩玩的组合啊？"虽然叶玄心中有些动摇，但还是忍不住嘴硬。

"请相信我们！不会让你失望的！"

"既然，既然你这么努力地邀请我……"叶玄死要面子地说着，"我就，我就勉为其难地加入……"

"Yes！"白小岚见目的达成了，十分激动，一边挥手，一边忙着道别，"我去上课了，拜拜！"

"你！我还没说完呢！"叶玄气不打一处来，但冷静下来后，有一种莫名的喜悦。

原来在这个世界上，也有像自己一样正在追逐梦想的人。

第二章

慢慢摸索

大花

五位少年,坐在破旧的小屋里,正热火朝天地讨论着。

"方云叶、关旭是弹吉他……"白小岚在一本本子上细细登记,"还有别的人用吉他吗?"

"没有了。"其他人都纷纷摇头。

"那就 OK 了,我们以后可以现场用吉他伴奏!"白小岚已经计划好了,"然后其余三个人排下队形,唱歌,每首歌的主唱站主位。"

"现场伴奏效果真的没问题吗?"叶玄不禁怀疑道。

"肯定没关系的啦!"江奕挥挥手,他不太在意细节安排。

倒是关旭认真考虑了一下,问道:"我们最后到底要干什么?"

一语发出,全体沉默了,好像真的忽略了这个问题。

"十月份的校庆可以吗?"方云叶努力想着,也只有这个场合。

"不可能!我们都不是社团的成员。"白小岚一下子就否决了他的想法。

叶玄却突然灵机一动,偷偷在角落里掏出手机,快速翻看着。

"哦？好东西哦小玄。"关旭笑眯眯地跟过去，语气中带着些警告的意味。毕竟叶玄是他们班的，违规了班长肯定得负责。

叶玄吓得手一抖，手机就这么顺着手心滑了下去，还好关旭眼疾手快地接住了。他没有还给叶玄，只是顺着叶玄点开的链接阅读下去。

"怎么了？"白小岚见关旭欲言又止，连忙凑上去看。

"区比赛？"白小岚惊呼，"太可怕了吧这个。"

"我们还没有被专业训练过。"方云叶皱着眉，也有些担忧。

"怕什么，有比赛就上呗。"江奕却是跃跃欲试的样子，自信满满。

"就是，参加这个比赛又不用钱，担心什么。"叶玄趁机帮腔。

关旭下一句话却泼了叶玄一脸冷水，"这上面写着，参赛者需交900元的参赛费。"

"……那，那不去了！"叶玄尴尬地夺回手机，自己零花钱本来就少得可怜，九百元一交，肯定会被父亲发觉，最后搞不好连累了整个组合。

"啊，那总得定一个目标吧！"白小岚干脆躺在地上，无奈地说着。

方云叶倒是又想出了一个点子,他犹豫地说:"街头演唱怎么样?"

街头演唱……全部人都傻了。

"那,那,那不是更可怕!"白小岚惊讶地张大了嘴巴,叶玄的头摇得和拨浪鼓似的。

"如果怕的话,那我们一辈子就在这里打打闹闹就好了。"关旭无奈。

"你们对于梦想就是这种态度吗?"方云叶的话更是犀利。

两位学霸正准备开始给他们洗脑,就听见一个奇怪的铃声响了起来。

"大花大花!来电话啦,来电话啦!"关旭的脸顿时变成了猪肝色。

全部人都齐刷刷地看向声音的来源——关旭的左手。

"噗哈哈哈,电话手表吗?"

"哈哈哈,好可爱啊你!"

"噗!电话手表?"

"大花……"就连方云叶也忍不住笑了出来。

"好了好了,别笑了!"关旭连忙按掉电话,上面显示是推销,关旭第一次对推销电话产生了厌恶之情……要说起这个名字,当初买这个电话手表的时候,江奕也在场,当场把名字改成了大花。

"噗,我知道我知道。"白小岚一边笑着,一边使劲拍着腿,根本停不下来。叶玄已经忙着发朋友圈与民同乐,没有听见关旭无助的命令。

"够了,收吧。"还是方云叶先冷静下来,"下次再笑。"本来心存感激的关旭一听后半句,立刻收回了刚刚愚蠢的想法。

"所以最后定下来是街头演唱对吧?"白小岚表情还没收回来,态度倒先到位了。

"场地的问题,我可以去实体考察,调查人流量。"关旭道。人流量还是很重要的,万一人太多,他们根本放不了设备。

"好的!大花负责场地调查!"白小岚丝毫不理会关旭的眼神反抗,"那么设备的问题……"

"AA可以吗?"方云叶提议,"我可以先垫付,你们之后把钱转给我。"

"OK,那么还有什么……"白小岚突然卡壳了。

"服装我来负责,我……我妈是服装设计师。"江奕主动提出,白小岚当然同意。

"难道不是你自己设计吗?"关旭笑眯眯地揭穿江奕,算是报仇了。

大家崇拜地看着江奕，也有点震惊，江奕只感觉自己的高大威武的形象从此毁了。

"曲子方面我可以全盘负责。"叶玄见大家都很积极地领了职务，自己再不担当就很不负责了，而且作曲本来就是他的强项。

"词由……"

"你。"方云叶十分信任地看着白小岚。

"诶？为什么是我！"白小岚吓到结巴，"你你你不是记得以前我我我的诗被老师打零分……"

"那是你偏题了，老师不是说你文笔还是可以的吗？"方云叶淡定地回复。

"那好吧。"白小岚接受了这个位置。

现在大致都已经确定完毕了，方云叶和关旭负责后勤，叶玄和白小岚负责词曲，江奕负责服装。

打工

与伙伴告别后，叶玄便朝家走去。

因为要买唱歌用的设备，所以伙伴们提出来要AA制，本来也没什么大问题，可那价格……

叶玄自己倒是有点零花钱，但也不到一百元，而完整的一套设备要两千多，就算AA了，每人也要交四百多元。

也许其他人不是土豪就是小康家庭，这些钱随便用用，可叶玄家不同，叶玄的父亲只有小学文凭，早早出来混社会，在工作上一直不如意，加上母亲去世，让父亲的压力更加大，他靠每天早出晚归，才让叶玄活得像个普通人。

叶玄回到家，父亲还没回来，他愁眉苦脸地打开钱盒子，里面加上硬币毛票，只有九十七块三。

"……"叶玄沉默了，他不想和伙伴诉苦，这样会很没面子，但是这些钱他真的拿不出……

"喂？大花，钱什么时候交给云叶？"想了想，叶玄心中突然有了一个念头。

"嗯？我不太清楚，不过最迟也不出这个月吧……"关旭电话那头有些吵闹，还有小孩子嬉闹的声音。

"哦。"叶玄挂了电话，看了看表，才六点多一点，他立刻行动，向附近的麦当劳跑去。

打工总可以吧！

叶玄激动地跑到柜台前，说道："姐姐，我想打工。"说出口，才觉得有些傻气。

"啊？哦！跟我来……等等，你是初中生？"

"……我是高中生。"叶玄无奈，自己看起来很小吗？

服务生疑惑地扫视着叶玄，不确定地问道："真的？身份证带了吗？"

"带了带了！姐姐你快点领我去吧！"叶玄忍不住催促，再晚，他父亲就要回来了。

和内部人员商量了一下，签了合约，大概就是放学后来这里工作几个小时，晚上八点半下班，按日发放工资。

这份合约拿到时，叶玄有点小小的犹豫，毕竟回到家都九点……他的作业不是得通宵做了吗？但想到伙伴，想到那个不太成熟的组合，不禁咬咬牙，签上了名。

"明天就可以来了，你负责清洁。"

"呃，叔叔，能不能换成收银之类的……"

"你可以回去了。"

"……"

叶玄再生气他的态度，也不能怎么样，只能气鼓鼓地回到家里一个人生闷气。

接下来几天，叶玄的生活就比较惨了。

白天"认真"学习，努力赶已经弄懂的作业，下午上完课与白小岚一帮人排练到放学，晚上再去麦当劳当保洁员，直到九点钟才昏昏欲睡地回到家，然后通宵做作业，每天只睡两三个小时。

加上他本来吃得就少，才三天就快撑不下去了。

"玄子，老师叫你。"江奕戳了戳睡觉的叶玄。

叶玄睡得正香，完全不予理会。

"叶玄！"班主任一声怒吼，才将叶玄给震了起来。

"下课来我办公室！"

下课后，叶玄去办公室被苦口婆心地劝了一顿，就被放回来了，回来后，当然是继续睡，他还没睡够。

"小玄，你怎么又……"关旭皱着眉，"这样怎么听课？"

"哎呀别管我……你帮我抄个笔记算了。"叶玄说完，又进入梦乡。

"这小子！"江奕不明白了，"晚上不睡觉干什么去了。"

"大花！江哥！小玄！"门外白小岚大声呼唤，江奕和关旭出去后，叶玄依旧沉睡。

"他怎么了？"白小岚疑惑。

"估计太困了，我们过会儿转达吧。"关旭解释道。

"明天交下钱，设备已经到了。"方云叶翻开笔记本，"每人四百六。"

"OK，没问题。"

回到教室，江奕推了推叶玄，叶玄只是不爽地换了个姿势，不想理他们。

"明天要交钱了，小玄。"关旭蹲下去，推了推叶玄，说道。

"什么？"这一下倒惊醒了叶玄，他突然站起来，桌子一震，直接顶到关旭的下巴。

"喂！叶玄你这么暴力干什么。"江奕也被吓了一跳，慌忙去扶被撞得晕晕乎乎的关旭。

叶玄这才知道自己反应太大，但他又对道歉很不在行……

"你，你不要站桌边不就好了……"叶玄嘴硬，别扭地回应。

关旭倒是了然地一笑，说没关系，就是江奕那暴脾气最听不惯这种语气，和叶玄争吵了起来，直到上课铃响才停下。

不过好在两人关系不错，一场小吵闹，一节课后就不当一回事了，和好如初。

"今天下午排练我先不去了。"叶玄思虑再三，还是说出口了，他想加个班，然后明天就差不多凑齐了。

"诶？"白小岚还想挽留，叶玄已经没影了，"他怎么了吗？"

"不会还没消气吧？可之前还对我笑来着。"江奕也不解。

"去看看？"关旭提议，这几天叶玄都不太对。

"麻烦。"方云叶对已离去的叶玄翻了个白眼，但还是跟上关旭的步伐,一起追踪叶玄去了。

一个转角,叶玄就不见了,四个人都十分迷茫,这附近……除了餐饮就没别的地方可去了,难道是自己多想了?

"好饿。"白小岚嘟囔着。

"我请客,去吃麦当劳怎么样?"关旭也察觉肚子有些空。

方云叶和江奕都同意,四个人便一起去麦当劳吃快餐了。

"哈哈,玄子没来太可惜了,今天有人请客。"江奕很得意。

一行人有说有笑地进了麦当劳,在柜台前点了两个套餐外加两个汉堡,最后又补上四杯可乐。

"哎呀哎呀,真是后悔,你们这么能吃。"关旭装作心疼地掏钱。另外三人可丝毫不担心,继续疯狂地点着。

"诶,那个人的背影怎么那么像小玄?"白小岚正啃着鸡腿,看到一个员工突然一愣。

几个人纷纷回头看向白小岚指的地方。

那个保洁员穿着工作服,工作服似乎对他来说有些大了,整个人看起来光是背影就很滑稽。

"怎么可能,叶玄那家伙怎么会……"方云叶还正怀疑着,就看到那人一转身,全部人震惊了。

那不就是叶玄吗？

"玄子的脸那么大众化吗？"江奕揉了揉眼睛，不敢相信。

"别闹。"关旭忍不住笑了出来。

叶玄居然会在麦当劳打工，不过这么一想，很多事情都有了眉目。

"我们慢点吃，等他下班？"白小岚提议。

"作业不写了？"方云叶本着"以学习为第一要务"的念头，回绝白小岚。

"嗯……我可以等，在这边写作业我是没有问题的。"关旭思考了一会儿，倒是同意了。

于是大家都留了下来。

事出有因

"你们！怎么会……"叶玄本来想将这桌子下的垃圾给扫干净，一抬头，恰好撞上了熟悉的眼睛。

太……太尴尬了！

"你先忙吧，我们在这里等你。"关旭察觉到叶玄的不自在，连忙捂住江奕的嘴巴，将他那呼之欲出的质问声给塞回了肚子里。

叶玄连忙扫完垃圾，就飞快地跑走了。

白小岚这桌正无聊着，门口又走进了两三个人，因为穿着自己学校的校服，白小岚就特别关注了些。

关旭顺着他的眼神朝门口望去，大吃一惊，这不是自己班的那几个女生吗？

"李薇、张易希和郑容瑾？"江奕也注意到了。

"同班同学？"方云叶饶有兴趣地看着远处突然慌张的叶玄。

被同学知道（何况还是女生）在打工，一定会很尴尬的吧。

几个女生点好餐，就挑了个位置坐下，叶玄慌忙走到餐厅的另一边，却被路过的领导叫住了："你，对，就是你，那边还有餐盘没收拾，客人越来越多了，你快点去收拾！"

那个有餐盘的桌子，正是那些女生所在桌子身边的那张！叶玄顿时慌了，可他不想被扣工资，只好尽量低着头，每迈一步都消耗着他的勇气。

关旭起身，紧接着江奕也很默契地跟了过去，白小岚和方云叶因为和那些女生不熟，留下看桌子。

"咦，李薇你们怎么在这里？"关旭笑着走过去，有意和江奕挡住身后的桌子。

"啊！班长，体委。"几个女生也很惊讶。

"你们作业写完了？"江奕惊叹。

"怎么可能嘛，我们就是出来吃个晚饭啦。"对于关旭和江奕这种类似搭讪的行为，几个女生顿时有些不自然。

"是吗？那得快点回去做作业哦，否则明天老师质问时，我就要实话实说咯。"关旭笑着，内心却是想着你们快点回去，否则我们得一直关注这边了。

"啊！班长你不能这样！我们还没开吃呢！"

"所以说快点啊！"江奕倒是直白。

"班长、体委不也在这边吗？"

"……"两人突然没话了，但见叶玄已经匆匆收拾完离开了，便简单告别，回到了座位上。

"我说你们啊……"白小岚不满地抱怨，"那几个女生是不是喜欢你们啊？"

"老是盯着这边。"方云叶也感受到了她们的视线。

对面两人均谦虚地摇头。

等了许久，叶玄才下班，外面已经天黑了，麦当劳里仍然有许多顾客。

"今天……"叶玄眼睛不敢看眼前四个人，犹豫了许久才别扭地说，"谢谢了。"

"大方点不行吗？"江奕被道谢，有些不好意思，故作轻松地打了下叶玄的背。

"是因为我们吗?"白小岚倒是没忘正事,直切主题。

"如果不行我可以帮你承担一点。"方云叶淡淡地说着,是他统一付的钱,再说家里也不管他,只要他成绩好,什么都可以满足,给他的钱少一点也不是什么问题,父母会理解的。

"不需要!"叶玄拼命摇头,"我已经赚得差不多了!"

"可你这样……学习怎么办?"关旭担忧地问道。

"就是!天天睡觉。"江奕抱怨,他每次都要负责帮老师叫醒叶玄。

"对不起,我们没想到你可能有困难。"白小岚有些自责。

叶玄红脸到耳根,小声反驳:"我怎么可能有困难。"

"行了吧,你就别倔了。"江奕看不下去了。

"我……"叶玄还想说什么,却被关旭打断了。

"我们上次算错价格了,每人不用交那么多钱的。"关旭仿佛刚刚想起一样,全部人除了江奕都吃惊地看着关旭。只有最熟悉关旭的江奕知道,这不过是瞎编的,目的就是让叶玄不那么难接受他们的好意。

"……"叶玄低下了头,没说什么。

"大花,我们没有算错啊……"白小岚小声提醒。

"傻,当然假的。"方云叶反应了过来。

"我知道了,谢谢你们。"叶玄突然抬头,想开了似的。

"果然管用。"关旭有种成就感,就像拿了比赛特等奖一样。

叶玄的心事就被"凑巧"地解决了,之后四个人又拎着他去辞职,幸亏工作人员见叶玄是个学生,只是不爽地说了几句就放他走了。叶玄的日子总算恢复了往日的平静。

队长与队名

下午,五人再次聚集在一起。

"我说,第一次谁主唱啊?"白小岚困惑着,他还要编排队形。

"呃,队长吧。"方云叶随口一说,白小岚却突然大叫。

"天!我们队长是谁?"白小岚看向众人,全都迷茫地摇头。

一时间,大家都意识到了一个重要的问题,就是他们排练了这么久,连队长和队名都没有仔细选过。

"我觉得小白很适合。"关旭一开口,其余人纷纷点头。

"诶诶诶!你们!我怎么可能可以……"白小岚吃惊地看着大家,结果没有一个人提出反对。

队长……就是要对整个团队负责的人啊!他白小岚,真的可以吗……

"队长,选队名哦。"关旭坏笑着,已经开始叫上队长了。

"这么……这么草率吗?"白小岚还没接受这个设定。

"你最有活力了,不是吗?"方云叶难得夸奖一下白小岚。

"真的吗……"白小岚喃喃。

其余人都开始决定队名了,没有继续关注白小岚纠结的样子。

"叫五大金刚怎么样!"江奕嘿嘿地笑着,摆出几个超人的姿势。

"那还不如叫奥特曼小分队。"叶玄吐槽。

全部人里,估计只有关旭和方云叶在认真考虑了吧。

"好渴……"叶玄和江奕争得有些累了,想去找水喝,结果发现自己根本没带水。

"我有柠檬水,你要不要?"江奕从书包里拿出一瓶柠檬水饮料,扔给叶玄。

"啧,要不叫柠檬好了。"叶玄灵机一动,对其余人说道。

本来是随口一说的玩笑,没想到两位学霸一致说:"叫LEMON吧。"叶玄突然有种挫败感。

"白小岚呢?"方云叶正想询问白小岚的意见,毕竟他是队长。

"不知道去哪儿了。"

"我去找找。"说罢,方云叶就出去了。

他转遍了整个小竹林,最后终于在某个竹子旁边看到一脸严肃的白小岚。

"小白。"

"别吵!"白小岚严肃地命令着,方云叶头一次很听话地停了下来。

"小白你……"

"别吵!我在和竹子爷爷心灵交流。"白小岚一本正经地说着,差点没呛死方云叶。

就知道不该对这个白痴抱有成长的期望。方云叶叹了口气,走过去问:"你怎么了?当上队长压力太大?"

"……也许吧。"白小岚不闹了,靠着竹子坐了下来。

方云叶干脆也往泥地上一坐。

"你在怕什么?"

"我不知道,我不知道该怎么办……"白小岚突然很无助,"感觉就像所有人把梦想寄托在自己身上一样……万一我很差……还会连累他们……我怕……"

"你不相信我们吗?"方云叶反问。

"啊?"白小岚没反应过来,"当然相信。"

"那你怕什么。"方云叶不解,"你相信我们,就是相信你自己。你当上队长,并不需要为此做出改变,像平常一样。其实你自己不知道,平时的你,一直像队长一样。"

"真的?"

"骗你干什么,无聊。"方云叶送他一个白眼,"但你现在这个样子,不合格。"

"我……我只是!"

"我们都会帮你的,你不是一个人,白小岚。"方云叶打断了他的话,伸出手,"和我们一起进步吧,白队长。"

一瞬间,心中的墙碎了。

排练现场

受到方云叶的刺激,白小岚突然有了个念头,他回家上网查了个游戏,第二天下午,就组织大家开始玩了起来。

"这个游戏叫……叫……"白小岚突然卡壳,"呃,反正是一个关于信任的游戏,不要在意名字啦。"

所有人都很疑惑,他这是要来哪一出。

大家按着白小岚的话,排好一队,人与人之间留下十分充裕的空间,并且排好后不能与其他人交流。从第二个人开始,全身往后倒,要第一个人接住他,一个轮着一个下去。

第二个是白小岚，他故意如此排，给大家一个示范。

白小岚突然向后倒去，就在快碰地的那一瞬间，身后的江奕稳稳地接住了他。

"就这么简单。"白小岚对他们说，示意下一个人开始。

叶玄有点害怕，他犹豫了好久，在一片寂静中直直地向后摔去，白小岚也稳稳地接住了他。两人相视一笑，接着看下一组。

方云叶也成功信任了叶玄，关旭成功信任了方云叶。

之后关旭跑到江奕身后，江奕也十分信任关旭，二话不说地就倒下了。可这组却出了点小意外。

关旭本想接住江奕，可江奕自己没站稳，竟斜着倒了下去，江奕有一瞬间觉得自己可能会砸在地上。

因为关旭呆了一秒。

但围观的人反应了过来，一起撑住了江奕。

"呼！吓死我了。"江奕抹了把汗，"不行不行，这次我错了，我还要来一次。"

"你都差点摔了，你不怕下次直接砸地上吗？"白小岚笑道。

方云叶总感觉白小岚虽然只一个晚上，就已经蜕变了不少。

"怎么可能！大花肯定会接住我的！"江奕毫不在意，说完就直直向后倒去。

关旭这次完美地接住了江奕。

"你很重啊江奕。"关旭把江奕扶起来，不忘损他。

"我这是肌肉！"江奕反驳。

接下来，就又恢复到了正常的排练。

这次排练是他们第一次真正意义上的合排，曲子都练熟了，唯一的问题就是可能合排时很难合上。

"伴奏慢了吧！"叶玄不满地嚷嚷，"真是的，一遍遍唱很羞耻的！"

"我不介意你继续羞耻下去。"方云叶没好气地说道，他真的是不明白，当时为什么还要接住他。

简直不能更烦人！

"行吧，我们的错，小玄你忍忍吧，再来一遍。"关旭略感抱歉地说道。

叶玄可没感觉到这两人道歉的诚意，"哼。"但他也只能这样收尾，让自己依旧在气势上占上风。

接下来的一遍倒是完整地弹奏下来了，只是……

"太死板了。"白小岚苦恼地看着自己和身后两个唱歌的人。他们没安排动作，而且三个人根本不敢很随性地晃动身子。

"动起来会很别扭啊！"江奕也纠结地扯着短发。

叶玄更不用说，让他唱歌已经很羞耻了，更别说肢体语言。

但不加上点动作，实在会……惨不忍睹。

"有没有人学过跳舞？"

所有人一齐摇头。

"现在专门编舞也来不及了，何况我们吉他伴奏加跳舞会很诡异。"方云叶提醒着。

马上就是他们定下表演的时间了，时间很紧迫了。

"那就微微晃动，像这样。"白小岚试着跟节奏晃了晃。

叶玄和江奕还想反抗什么，但伴奏已经开始了，白小岚已经开口唱歌，他们不得不跟上，而且白小岚仿佛找到了诀窍一般，越动越自然，眼看差距越来越大，两人只好跟上他的脚步。

要说这两人还真是笨手笨脚的，僵硬的动作显得他们十分滑稽，而且他们还会时不时打到对方。

不过有个词叫"熟能生巧"，他们慢慢摸索着其中的门道，虽然过程是艰苦了些，至少越来越自然了。

"你们怎么搞的，跳个舞都能和打架一样。"结束排练后，关旭与方云叶嘲笑道。白小岚在一旁差点笑喷。

第一次公演

时间定在周六下午,集合地点在公园的一个亭子里。

早在前一天晚上,每个人都收到了江奕和他妈妈合作定制的衣服一套,虽然没有规定要他准备,但他说他想让第一次变得更精彩,就擅自准备了衣服。

衣服比想象中的还要帅气,五个人是穿着演出服来的,因为演出服有点特殊,穿着它在街上不免会有异样的目光,于是他们在外面统一套了件外套。

颇有一种明星的感觉。

等到方云叶把设备拖来后,练嗓子的便开始练嗓子,调音的开始调音。

"云叶,你调音器带了吗?我的落家里了。"

"我帮你调吧。"方云叶接过吉他,帮关旭调音。

"大花……你的吉他……"

"怎么了吗?"关旭疑惑。

"没什么。"方云叶想了想觉得没什么大碍,就把吉他调好后还给了关旭。

"你们说,万一保安来赶我们怎么办?"白小岚半开玩笑地说着。

江奕挥舞着他的拳头,"那我就把他赶跑,到时候你们可得继续唱啊!"

"哈哈哈。"

气氛突然轻松了不少。

他们拖着音响,在人群中十分抢眼,五人突然不好意思了起来,一直都低着头。

"自信……加油白小岚……你是队长……"白小岚默念,他犹豫着,到底要不要突破自我,带头自信起来。

"妈妈,他们是干什么的啊?"一边路过的小女孩天真地问道。

孩子的妈妈投来疑惑的目光,她再看看白小岚他们手中的音响,又看看他们垂头的样子,恍然大悟,道:"他们是卖艺乞讨的!你看看啊,以后你要好好读书,不要小小年纪就出来……"

白小岚离那位母亲最近,他终于受不了了,努力微笑地抬起头,道:"对不起阿姨,我们这不是乞讨,我们这是在为梦想而努力。"

"呵呵……"那位母亲尴尬一笑,立马拽着女儿走到道路另一边去了。

"各位各位!把背挺直,笑一笑啦!"白小岚穿梭在他们四个人间，以身作则外加劝导。

真正做出这个举动后，白小岚意外地发现没有自己想象地那么羞耻。

随后，在关旭、江奕率先跟随下，全部人终于慢慢地找回了自信和笑容，虽然某些人笑得不太自然就是了。

走着走着，很快就到了关旭考察过的地点，这里是个宽阔的广场，因为地方大，人也不显得很拥挤，但也不是稀稀拉拉的。

他们环顾着这广场，现在他们有两个选择：在中央，在角落。

"在中央，怎么样？"关旭很激动，跃跃欲试。

"可以啊。"见有一个人主动提议，其余人也不畏惧什么了，毕竟他们不是一个人。

一切准备就绪，来来往往的人们有些已经兴致勃勃地停在他们面前，等他们开嗓。

两个被固定位置的话筒放在方云叶和关旭的嘴边，吉他连着音响，还有三个自由话筒由剩余三个人拿着。

"准备好了吗？大家。"白小岚眼睛一闭，心想着：豁出去了，谁叫他们信任我为队长呢！

"大家好！"白小岚睁开眼，对来来往往的人喊着，"我们是——"

"LEMON！"令白小岚惊讶的是，他的伙伴们居然都随着他，喊出了那个属于他们的名字。

原来这就是所谓的默契。

"是谁将彼此的心串联
将素不相识的我们聚集于此
心中那执着倔强的信念
推动我们向前
前方路途漫漫
准备好了吗？我的伙伴？"

越来越多的市民停留在这里，有欣赏，也有好奇。

"此时我们正青春年少
多少有些狂妄
一心只想向前奔跑
不期待富丽堂皇的宫殿
不稀罕从未遇见的珍宝
我只珍惜
那一直陪伴着我的——"

"碰！"一声怪音，格外刺耳，关旭呆愣原地，不知如何是好——他吉他的弦，断了一根。

为什么偏偏在这个时候……

一定要补救啊一定要！求求你……把考试的才智全用到这里来啊！

关旭脸色苍白，紧咬着下唇。

白小岚稍微愣了一下，他反应过来后，没有去理会，反而更大声地带着伙伴，继续唱："你们留有初心的歌唱——"

一曲终，本来计划好再多唱几首非原创的歌曲，可现在看，可能得被迫终止了。

他们关掉话筒，准备收拾东西。

"大花……"江奕有些担心地看着对吉他发呆的关旭。

"喂，你不要摆出这么吓人的表情啊！"叶玄别扭地安慰着。

"对不起……我之前看到了但……"方云叶大概是最内疚的了，之前调音的时候明明发现了这个问题，但他没在意。

"叶子，这不是你的错，你也不要太内疚。"白小岚拍了拍方云叶的肩。

"我没事。"关旭勉强抬起头，露出一个十分勉强的笑容。

江奕两只手气愤地抓住关旭的双肩，吼道："不想笑就不要笑啊，混蛋！"

"我……"关旭被吼傻了，"对，对不起……"

"我说你吼他干什么！"叶玄连忙扯开江奕，"要说你好好说啊!"

"你们能不能别吵了。"方云叶扶额。

"不能!"两人异口同声。

"大花你带弦了吗?"白小岚看着琴盒,突然有个想法。

关旭回忆了一下,回:"带了……"

"那我们换完弦,重新开始吧!"白小岚兴奋地提议。

"什么?"关旭愣住了。重新开始?

"是啊,大不了再来一次嘛!反正没人认识我们!"此话一出,激起了大家的希望。

"小白,你越来越适合队长这个职位了。"方云叶一脸欣慰地看着白小岚,让白小岚突然很不好意思。

大家都赞同白小岚的想法。

关旭和方云叶一起换完了弦,调完音,一切仿佛又回到了刚刚来这里的时候。

"不要怕,有我们在,出错了,我们就再来一次。"白小岚安慰大家。

"3,2,1!"

"大家好!我们是——"

"LEMON!"

从头至尾,一场完整的演出,毫无出大错的地方,有时的小错误,也会被大家无形的默契给盖过去。

大不了再来一次,我们LEMON,是永远不会服输的。

第三章

全面提高

家庭的小秘密

"给我个解释。"

叶玄回到家,看到父亲愤怒的表情先是一愣,但看到父亲手机上不断播放的表演录像时,叶玄恍然大悟——父亲看到了。

"就那样。"叶玄不知哪儿来的胆,一向不回嘴的他居然正视着父亲的双眼,冷静地回应着。

"还不如不去学校!月测成绩出来了!年级倒数!"父亲这次恐怕是真的生气了,"没有一门及格的!你怎么对得起你母亲!"说到已故的母亲,父子两人眼眶都有些泛红。

父亲一路追着叶玄到他房间,看到一屋子的谱子更是火上浇油,把他桌上的乐谱一扫而光。

"你干什么!"叶玄急了,这是他提前为下次演出准备的曲子的草稿!

"我看你们班长也不是什么好东西!"父亲越说越生气,"不带你学习整天扯着你瞎混,估计成绩也不会好到哪里去!"

叶玄咬着牙,怒道:"不准说我朋友!"

回应他的只有房门狠狠摔上的声音。看着空荡荡的桌面，叶玄的心也空荡荡的，为什么别人的父母都善解人意，都会支持他们的梦想，只有他……

脑海中闪过一个危险的念头，几乎是一秒而逝，但叶玄没有三思，直接行动了。

离家出走。

虽然这是特别狗血也是很幼稚的行为，但没有什么可以让他发泄自己的愤怒。不知是惩罚自己，还是惩罚父亲。

叶玄走得太急，揣着口袋中的手机，就冲出家门。父亲今晚要回工地加班，这是每周三的惯例，所以父亲根本不会注意到叶玄赌气般的行为。

叶玄一个人在楼下晃着，偶尔碰到李阿姨张大妈，还要随便编个理由掩盖事实。在应付了两三个热心肠后，叶玄终于忍不住向公园转去。

他突然有些后悔自己为什么连饭都没吃，就出来了。

"咕……"肚子开始不满地叫唤，可叶玄忘了带钱包，现在回家又不免太尿了点，就算父亲没发现，自己面子上也过不去。

叶玄只好开始翻看着通讯录，小学初中同学早已各奔东西，谁知道他们在哪里读书，叶玄跟他们关系也没有特别熟络到大晚上会给你来送饭的。要说高中，那更凄惨，除了LEMON的几个人，他一个都不熟。

翻来翻去，叶玄小小地盘算了一下，给白小岚打？他成绩没好到哪里去，父母估计不会放他出来。给方云叶打？想多了吧，那家伙一脸冷漠的样子，估摸着连电话也不会接。给江奕打？不行，理由参照白小岚的。

于是关旭便被无情地骚扰了。

"喂？"电话通了，叶玄一阵欣喜。

"大花，你……"叶玄深吸一口气，心想着豁出去算了，"我饿了。"

"所以呢？为什么不吃饭？"关旭有点想笑，但他知道叶玄向来脸皮薄，他这么一笑估计叶玄得立马和他翻脸。

"我……是出门忘带钥匙了……"叶玄胡扯。

"哦，要我来送吃的咯？"关旭心中考虑着叶玄的话的可能性。

"废话！"叶玄总觉得关旭那轻飘飘的语气很危险。

"有配送费吗？"

果然……这家伙……

"好啦，逗逗你，你要不来我家吃吧，今天只有我和小牧、小蜜。"关旭邀请道。

"哪里？"

"××路××小区门口，我叫小牧来接你。"说完，对方就挂了。

"切，那么大牌。"叶玄不满地嘟囔，但碍于肚子得靠关旭喂饱，叶玄还是立马迈开步子朝关旭口中的小区走去。

到小区大门口，叶玄才明白什么叫人家学霸不仅成绩比你好，钱也比你多。虽然不是别墅那么夸张，但是比他叶玄家好多了！羡慕！

"喂，你是叶玄哥哥吗？"一个打扮得十分潮流的小朋友拽了拽叶玄的衣角。

估计这就是所谓的小牧，仔细一看，长得和关旭蛮像，就是那表情比关旭高冷多了。

叶玄打了招呼便和小牧一起上了楼，开了门便又来了一个小孩子，不过这次是个女孩。

"你好大哥哥，我叫关蜜。"关蜜的声音很甜，人也很可爱，扎着的双马尾在两侧一晃一晃的。

不过关旭人呢？不会这么大牌要自己去找吧？

叶玄环顾四周，都没见到关旭。

"哥哥正在烧饭喔！大哥哥等一下。"关蜜倒很机灵，一语道破叶玄心中所想。叶玄有点嫉妒，为什么叫关旭就这么甜腻，叫自己时就感觉把自己叫老了十岁。

关旭在厨房忙碌着，对外面毫不知情，而他的宝贝弟弟、妹妹就十分自然地承担了哥哥的任务。

"大哥哥喝茶。"

"大哥哥你坐下吧。"关蜜端茶倒水的,看她拿水的样子,看得叶玄心慌。

"哥哥要看书吗?小蜜你去把老哥的书拿来吧。"关牧相对没有那么热情,吩咐完就自顾自看手机去了。

关蜜很乖地点点头,去关旭房间抱了一本十分厚重的书来。

叶玄翻了一页,全是考题解析,随便翻翻,里面每一页都有关旭认真圈画、计算的痕迹。天,这么认真?他有这个时间吗?

草草翻翻,关旭已经做到这本书的四分之三了。

要是自己的话,肯定会被烦死的。

"不要介意,哥哥很笨的,有一道题他解了三天还没解出来。"关牧忽然抛来一句。

"哥哥不笨!你才笨!"关蜜鼓起小嘴巴。

"再聪明又不会娶你,激动什么?"关牧放下手机,一副准备吵到底的样子。

"诶,小玄你这么快就来了?可以吃饭了。"关旭来得可真准时,正好打断了这对双胞胎的吵闹。

"哦。"叶玄莫名有些不自然。

刚上饭桌,关旭先是给俩兄妹夹菜,过程中还要顾及这对兄妹的心情，万一哪边少了哪一样，肯定又要不高兴。

"哥哥偏心，每次都先给小蜜夹。"

"哼。"关蜜全然没了叶玄第一眼看到的乖巧模样，"哥哥当然最喜欢我。"

"小牧，你想要买PSP的时候，我可是省出几个月的零花钱送你的哦。"关旭试图抚慰。

"那小蜜要布娃娃的时候哥哥也照样送啊！"关牧毫不领情，低头扒着自己的饭。

"抱歉，见笑了。"关旭无奈地对憋笑的叶玄说道。

"没事……"叶玄摆手，但嘴巴却因为憋笑而呈现出一副扭曲的样子。他夹了一道菜，不禁想吐槽这菜盐放少了，但看对面三个人吃得津津有味，就识趣地闭了嘴。

"行了，该你了。"关旭开门见山，"说吧，为什么逃出来？"

叶玄刚刚吃下的一口饭差点喷出来。

"被我说中了？"关旭有些得意。

"你……你怎么知道……"叶玄低着头，或许是觉得自己太幼稚了，从而不敢看关旭。

关旭没回答他，继续问道："你和你父亲又吵架了？"

"噫，大哥哥不乖。"关蜜坏笑。

"……"被小孩子嘲笑的叶玄很没面子，只能继续一声不吭地吃饭。

"吃完就回去给父亲道歉吧,他也很辛苦。"关旭正色教育。

谁知"道歉"这个词触碰到了叶玄的雷点,他生气地回应:"凭什么我给他道歉!是他先不理解我!"

叶玄突然的愤怒吓到了关旭,关旭张了张嘴,最终还是没说话。

叶玄内心不免有些愧疚,人家这是在帮他,结果他却吼别人,真的是……无可救药。

吃完饭,叶玄察觉到尴尬便不再多留,到门口本来以为关旭会生气不会和自己告别,但关旭却麻溜地换好鞋,说道:"我送你回去,顺便谈一谈。"

这人怎么和老师一样。

不爽。

叶玄虽然想拒绝,但他之前愧意未消,就没有多说什么。

"你是不是很羡慕我们?"关旭突然问道。

"怎,怎么会!"

"你就承认吧,小玄。"关旭心知肚明,"你肯定觉得我们的父母很爱我们,但你的父亲不仅没有给你很好的生活,而且还不尊重你的梦想。"

这次换上陈述句了，叶玄识趣地没有反驳。

"不过要你父亲理解你，你起码也得理解一下你父亲吧。"关旭微微叹气，"我虽然只到你们家来过几次，但你父亲疲劳的眼神我可是看得一清二楚，他努力为这个家奋斗，努力保护着你，所以他会比一般的父母更渴望你能出人头地。"

"就凭读书？"叶玄不服。

"是，这是父亲那一代人的观点，在以前也确实是这样，所以依我来看，你只要把成绩提上去，你父亲自然会接受你的梦想。"

"怎么可能……"叶玄小声嘟囔，但他不得不承认，关旭的话很有说服力。

"或者你可以和他好好聊聊。"关旭神秘一笑，"说不定会有惊喜。"

"你怎么什么都那么清楚！"叶玄不明白了，最近流行一通百通吗！

"自然是经历过。"关旭回忆，"以前小牧、小蜜刚刚读幼儿园的时候，我刚刚升初中，父母似乎觉得我成绩好就可以放任我不管了，就天天围着弟弟、妹妹转，从来不关心我。所以我一上初中成绩就直线下降，还经常违反校规，比如逃课、打架什么的。"关旭回想起来，都有些不好意思。

"之后有一次篮球比赛,我参加了,但因为对方耍赖,而且还故意给我们使绊子,我们就很生气,其他队员挥拳就打,我也跟上去了,把对面一个人给打骨折了,最后一拳是我打的,责任最大的自然就是我。当时太叛逆,要不是江奕拉住我,估计我还得继续在学校闹。"

叶玄已经吃惊到吞鸡蛋的地步了。

"不过后来母亲找我谈了话,我和她如实说了,她只是骂了我几句就没有再怎么样,父亲嘛……不过后来他们变了很多,至少对我来说,他们更关心我了,我的成绩又上去了,最后就一直没掉下来过。"关旭苦笑着,"不过当时为了赶学习进度,花了不少工夫,还病了,很累,不过很值得。"

"我看你现在不是很得宠嘛。"叶玄回忆了一下刚刚两孩子抢哥哥的画面。

"那是我的个人魅力。"关旭得意地说,"就算我继续叛逆他们也会这样的。"

"滚!见好就收。"叶玄白眼望天。

不知不觉就已经到叶玄家楼下了,还没进小区,他们就看到叶玄的父亲焦急的身影。

"你小子去哪里了!"父亲眼眶微红,额头上流了不少汗。

"我，我就去吃了个饭……"叶玄有点心疼，但奈何温柔的话他说不出口。

"怎么又是你！"父亲瞪着关旭。

"呃……"关旭有点害怕这种眼神，不禁退了一步，"我送小玄回来……"

"不要带坏我家叶玄！你自己退步就退步！"

"什……"

"他没有你想象的那么差！"叶玄挡在两人中间，不等关旭解释，就对父亲说："他每次考试都年级前三，老师的心头肉呢，你别这样！"

要是不解释清楚，他和关旭的友谊之船不得翻了。

"前三？"父亲突然像是发现新大陆了一样，一改之前的态度，"对不起同学，我刚刚找不到叶玄太激动了……以后你要帮我多辅导一下他的学习！让他多学学你！"

"呃，哦，是是！那……我先走了……"关旭说完，就溜之大吉。

实在是太可怕了！

回到家，叶玄本以为自己不免要挨骂，没想到父亲只是微微叹气，没有说什么。

"跟我来。"他的声音有些沧桑，"你不是想要那些破玩意儿吗？"

叶玄疑惑地跟上父亲,进了他的卧室。

父亲卧室里很简单,就一个柜子,一张床,一盏灯。叶玄不明白有什么好看的。

父亲走到柜子前,打开四个抽屉,叶玄凑过去一瞧,震惊了。里面堆满了他的曲谱,有些虽然当时只是草稿,而且被他揉成纸团扔在桌子上,却被父亲一并收留,一张张平铺好,放进柜子里。

"你不是……不支持我……"叶玄鼻子有些酸。

"哼,我当然不支持你,但你居然这么喜欢,我怎么舍得丢!"父亲不自然地解释。

"谢谢!"叶玄赶在眼泪流下来前,抱住了苍老的父亲。

"切,你要是成绩上来了才算真的谢谢。"嘴硬是家传的,父亲果然也一样。

我会努力的。

叶玄心中默默想着。

区级比赛

周六晚上,在补习班放学之后,LEMON的所有成员齐聚在肯德基。庆祝第一次演出圆满落幕。别问为什么不去别的地方，理由很简单：便宜，好吃。

　　白小岚这家伙居然主动要求请客，四个人早早地就在肯德基门口候着，静等白小岚到来。

　　白小岚一出现，他们就飞速进去抢位置了。晚上六点正是肯德基人气最旺的时候，眼下进去，大桌子早就没有了，只剩下一个四人桌空着，一面靠着沙发，其他的全是两人桌。

　　"看招！"白小岚知道今天自己请客，亏已经吃定了，那么位置上肯定不能吃亏，他最先抢了个单独的位置坐下。

　　方云叶本来就走在前面，自然挑了白小岚身边那个单人位置。剩下三个汉子，就只能憋屈地挤沙发了，虽说沙发不算小，而且可以往左边多坐点，但离桌子就很远了。

　　"你们要吃什么？"白小岚艰难地问。

　　"我要可乐和黄金鸡块。"关旭最先说道。这倒开了个好头，让白小岚倍感欣喜。

　　"这么少！给爷来个新奥尔良堡土豆泥套餐！"江奕毫不客气。

　　"薯条，可乐。"方云叶也吃得挺少。

　　叶玄眨巴眨巴眼睛，"没人点全家桶吗？"

　　"点点点！"除了白小岚，其他人都狠狠点头。

　　白小岚欲哭无泪，再次和他们确认无误后，默默去点餐了。

几分钟后,江奕跑过去帮白小岚分担一个盘子,两人端着食物回来了。

"你们都不是我的真爱。"白小岚含泪抱怨,自己省了好久的零花钱……

没人理他,都已经饿得不行了,见全家桶打开了,就开始狼吞虎咽,一下子就被抢光了。当然,白小岚肯定抢得最多,废话,他的钱!得吃回来啊!

"对了,你们知不知道SUYI音乐节?"叶玄边啃鸡腿,边说着。

"不知道。"

"什么!"叶玄震惊了,"虽说是近几年出的活动,但你们都没上网吗?网上都在说这个。"

"说重点啦!"白小岚催促。

叶玄将鸡腿扔到盘子里,顾不上擦手,就道:"这在音乐圈子里是一个全国性的节日,在全国赛前十的组合有机会参加音乐节的巡回演出,并且——"

"并且什么?"所有人都很好奇。

"表现最突出、观众反响最好的五个团队,将有机会成立独立的工作室,并且有丰厚的赞助金。"

"工作室!"白小岚激动了,"那不就是说,我们可以永远唱下去了!"

"但那是全国前五。"方云叶不忘泼冷水。

江奕不以为然，反驳道："不要瞧不起我们自己嘛！"

"但客观上……"方云叶还想反驳，可他们根本不理会他，最后他只好把求助的眼神投向安静吃薯条的关旭。

关旭头也没抬一下，认真地吃着薯条。

"……"

"怎么报名！"白小岚离开位置，坐到叶玄身边。

"网上报名，先进行区选，然后选十强，省选，选前三。但第四第五依旧有参加全国赛的资格，只不过在全国赛里，省赛的名次会占很大分数，也就是说，第四第五就算去了，也是白去。"叶玄打开手机里的链接，到比赛官网去继续了解。

"网上报名，区赛很简单，但学校要同意……要求是高中生及以上，表演曲目必须原创。"

"学校同意？"

"怎么可能！"

那不就暴露他们的存在了吗？这也太冒险了吧。叶玄翻看了截止报名的日期，还有三个月的时间，很充足。但充足不代表他们可以获得学校的同意。

光是成绩来讲，方云叶和关旭固然没问题，其他三个就别提了，也只有摇摆不定的江奕有可能冲到前面。

"要不我们在两个月后的期末考全部考进前两百!"江奕立下宏愿。他自己倒是没问题,他一直在两百上下徘徊不定,只是白小岚和叶玄……一个三百多,一个……倒数。

真有点困难。

"试一试吧,说不定可以。"关旭不知什么时候吃完了整包薯条,心情愉悦地鼓励道。

"我……要不算了吧……"叶玄垂着脑袋,自己怎么可能!

关旭把叶玄的头拽了起来,"放松点,前两百倒不用强求,你只要进前三百就可以了。"

"那也很远啊!"叶玄脑袋被拽得生疼,只好乖乖地抬起头。

"有我这个大学霸亲自辅导,保你进步飞快。"

"那白小岚我来教吧。"方云叶想了想,还是决定做出点牺牲。

"我呢?"江奕愣愣的。

"你不是已经进了吗?"关旭疑惑,"不过你想补习的话,我不介意多带一个。"

学习乃万物之本也

计划很简单,在周末抽空补习。由于白小岚执意要和关旭小分队去同一个地方补习,理由是关旭小分队有两个同类,对他不公平。于是大家思来想去,最后还是定在关旭家里。

到最后,倒像一个学习小组。

"小牧,你能不能帮哥哥去接一下同学?"家里,关旭摸了摸关牧的头发,问道。

"哼。"关牧不高兴了,"每次都我去,哥哥偏心!"

"乖,你去是因为哥哥信任你多一点啊。"关旭一本正经地胡扯,关蜜一个女孩子下去不安全因素有点多。

关牧到底还小,居然相信了,拿着手机一定要关旭录下刚刚那段话。

"我要给小蜜听!她一定会很生气的!"关牧有一种成就感。

可这个愿望终究没实现,最后在关旭快要失去耐心的时候,关牧终于高兴地跑了下去。

周末父母按理说应该在家,可这些日子他们接到了一个大方案，没日没夜地加班。

把伙伴们都接上来后，关旭就很无情地要赶兄妹二人去小房间自己玩。

在一片"哥哥坏蛋！哥哥偏心！"的哭喊声和连连"乖，不哭，哥哥做完作业就来陪你们玩"的安慰声中两人闷闷不乐地被关在了房间里生闷气。

"我家有两个学习的地方。"关旭这才空了下来，"一个是书房，还有我房间。"

关旭家的书房是给父母用的，他在他的房间里还有一个小书房，很方便。

"我要去你房间！"所有人很默契地选择。他们对关旭的卧室很感兴趣。

"石头剪刀布。"最后关旭和方云叶用石头剪刀布决定，关旭很悲摧地被赶出卧室，提包走向书房。

书房的空间要大一些，而且光线相对好一点，分到这里也没吃亏。

"先做回家作业吧，先做完第四十五页，不会的来问我。"关旭说完就出去了。

"江奕！"叶玄见关旭一走，就连忙小声叫唤江奕。

"啥事！"江奕和叶玄就像是革命战友一样的存在。

"选择题借我。"

"你计算题做了吗?"

"没呢!"

"不借。"江奕很无情地拒绝了他。

正巧,关旭推门进来了,"书房特惠,我烤的甜点。"

"……"两人目瞪口呆。

"干什么,不吃我给隔壁去了。"关旭被瞪得莫名其妙。

"你什么都会?"叶玄心中很不平衡。

江奕微笑着,没有说什么。

"不是啊,是小蜜、小牧喜欢吃,我打算烤给他们吃,我这是第一次试。"关旭很无辜地眨眨眼。

"我来!"叶玄眼睛一闭,决定还是信任关旭的厨艺,同时在江奕的鼓励下,他一口咬了下去。

味道比想象中好些,没有到让人呕吐的地步,但还是难以下咽。

"好吃。"叶玄撒谎,"很入味,你可以给隔壁兄妹尝尝。"

"逗你的你还真信。"关旭终于笑了出来,"以前就做过,小牧和小蜜都争着夸我做得好吃呢!可惜那次他们之前吃了不少东西,才吃了一块就不吃了。"说出来关旭都有点小骄傲。

"……"叶玄和江奕心知肚明,不再多言。

"行了行了,做题。"

"我看不懂。"叶玄很直白地说。

"什么？哪道题？"关旭把叶玄的作业本拿过来，发现他全空着。

"哪道题都不会。"叶玄说的是真话，他真没听过课。

"……好吧……"关旭认命，"这题其实不难，你只要把它化简移位，带入求值就可以了，以后这种类型的题目，难一点会让你拐个弯……以后这种类型要按照……的思路去解……"关旭一题就讲个没完。

"哦。"叶玄有一句没一句地听着，迷迷糊糊的。

"你知道代进去后怎么解吗？"关旭试探着问。

没想到叶玄很诚实地摇了摇头。

"那……我们干脆从课本例题讲起好了，江奕，你没问题吧？"

"没，努力中！"江奕一路做下去倒挺顺畅。

方云叶那边，十分安静，方云叶一个人安静地解题，白小岚在旁边安静地解题，两人一起沉默着。

白小岚不算差，只是对于学习不上心而已，要是他对梦想的毅力分一点给学习，他的成绩肯定会和江奕差不多。而且白小岚人很聪明，方云叶一点他就自己可以做下去，而且还记得住方法。平时要是他不会的可以多问问，估计进前一百都不是问题。

"叶子，这题这题，怎么做？"白小岚指着一道压轴题。

"我在想。"方云叶皱着眉，他试了很多办法，可都被残忍地堵住了。

"我去问大花。"方云叶拿着本子跑到书房，却看到关旭正讲得十分投入。

"大花。"方云叶虽然不忍心打断他，但不快点解出来他真的很难受。

"哎，怎么了？"关旭接过作业本，让旁边的叶玄先等一下，"啊！这题，我也在考虑！"

白小岚默默跟了过来。

"这题我的想法是……但是却被……"

"我用另一种方法……也不行……于是我……"

"我觉得可以用……"

"好啊我们试试……啊不行……还可以这样试试……"

"不行啊……到底怎么做……"

"用……办法试试看……"

"我的天！我怎么忘了可以这样！"

"哇！解出来了！"

"你太棒了！"

"你也是！"

学霸解题完毕。

三个听众谁也没听懂,看两人在那边比画,简直在听天书。

"白小岚你不是不会吗,我们俩一起给你们三个讲一遍吧。"方云叶和关旭解完题后都很兴奋。

于是这两人像说相声一样开始了,你一句,我补一句,江奕倒有点摸着路了,其他两人仍处于迷离状态。

"我觉得算了吧,压轴题拿不到分就不要了。"讲了三遍后,关旭和方云叶双双放弃。

两个月里,每个周末以白小岚为中心的三人都可以免费观赏到学霸讨论题目的场景。在那么多天共同学习中,白小岚他们才发现了自己和学霸的距离,关旭与方云叶对于题目不管是思路还是态度,都远远高于他们。但是,他们三个人也不是只会想想而不行动的二愣子,受关旭、方云叶两人学习氛围的感染,三个人渐渐地都有了动力和对题目的求解欲,成绩也在悄然中提升,他们自己却没有发觉。

两个月匆匆过去了,重头戏才刚刚开始——期末考来了。

因为训练取消,关旭和方云叶两个人在前一个礼拜除了周末就都泡在图书馆写作业,讨论题目,查阅资料。在考试前一个周末他们还突发奇想约了白小岚、江奕、叶玄去附近的庙里拜文曲星。

准备工作都做完了,当五人走进考场的那一刻,心脏还是怦怦直跳的。

"拜托拜托……"

考铃响起,五个人在不同的考场,怀着同种目标——超越自我,开始了答题。

考试成绩很快就出来了,白小岚一帮人连试卷都不敢翻,抱着卷子就跑到基地,准备和伙伴们一起翻。

努力了那么久……一定要成功啊!

先翻开的是自信满满的关旭,一张一张地翻开来,全是高分,特别是数学,离满分只差一分。方云叶第二个翻开,虽然比关旭略逊色,但也很优秀,年级前十没跑了。

江奕第三个,他翻开卷子,然后很高兴地说:"我问了老师,我这次不仅进了前两百,还到前一百五了。"

白小岚和叶玄两个没底气的人,偷偷摸摸翻开卷子,连眼睛都不睁。

"哇!好棒!"关旭吃惊地翻看着叶玄的试卷,"这题我给你讲过类似的,你做对了!"

"白小岚也不赖。"方云叶难得夸一下,白小岚听了,这才敢靠近自己的试卷,偷偷瞄上一眼。

最后排名出来了,除了叶玄在两百九十几,白小岚在两百零几,其余都是前两百,还出了一个第一,一个第三。

第一自然是关旭，第三是方云叶，对此老师都很惊喜，方云叶知道这都是和关旭一起讨论题目、两人一起进步的结果。

"哎呀哎呀，我的第一有点危险呢。"关旭故作忧伤。反正方云叶不管怎么样是不会放弃黏着关旭的，他要进步，起码稳住第三。

校运动会

考完试，学校说是为了放松学生为考试紧绷的神经，为广大学子准备了一场运动会。

LEMON五人都报了各自的项目，白小岚和方云叶报了实心球，叶玄报了跳远，江奕报了短跑加长跑，而关旭……

关旭自然头疼，他体育不算差，但也不好，拿手的跳高被班里别的同学抢去了名额，最后只剩下长跑缺一个人，他比体力持久战，肯定完。

可他是班长，班长总得为民牺牲，但是犹豫来犹豫去，关旭在截止最后一天，战战兢兢地去体委江奕那边，试着报名：我想加入啦啦队。

"噗——"江奕正喝水呢，差点喷出来，"啦啦队？老师说只能女生报名。还有啊，老班说班里长跑不能少，长跑跑完就有分拿，最后他还指定让你补空缺。"

关旭一听，脸立马白了。

"你也不帮我劝劝……"

"谁说我没劝了！老师不听啊，我怕再说下去老师要生你的气了。"

"好吧……2000米？你报什么？"

"每个项目两个人，我有了。"江奕转着笔，想了想班里也没别的行的了，"要不你报上，凑个数，我带着你跑，不用怕。"

关旭绝望地回到座位上。

运动会那天，关旭还是被江奕拽了上场。幸亏年级第一长跑不好的事情人人皆知，班里的人也没抱多大希望，鼓励他几句，让他跑完就行。

枪声一响，关旭看着江奕第一个飞了出去，自己还没反应过来，一群人就快马加鞭地朝前赶。

天哪！是不是人？那么快。

关旭眼睛一闭，努力提升自己的速度。前800米还挺有感觉，关旭的状态也有点起来了，但这时，江奕飞快地与他擦肩而过。

"……"关旭很想哭，他以前体育课长跑都是躲厕所的，这次怎么突然不开窍了！他从小都没这么丢脸过。

等到关旭跑到最后一圈，江奕已经跑完了，班里的人立马上去搀扶着，江奕自然没力气去喊加油了，班里只有叶玄在一边饶有兴趣地看着关旭累红了脸的样子。

终于，关旭在广大师生的注目下，艰难地跑完了。

"我……再也不跑了……"关旭趴在石阶上。

"喂，喝水。"叶玄拎起虚脱的关旭，扔给他一瓶冰水。

"其实人嘛，有个弱点也蛮好。"事后，江奕笑着对关旭解释，当然，关旭想不想听就是另外一回事了。

学生会申请

运动会结束，还有没几天就放暑假了。

大家思量再三，还是决定派在学校里小有名气的关旭去学生会碰一碰运气。

关旭紧张地站在会长的办公桌面前，刚想递去一张申请表，屋子的门就被推开了。

"付依依，我来找你啦！"一个梳着马尾的女生蹦蹦跳跳地跑进来。关旭总感觉她有些眼熟。

女生见关旭也好好打量了一番，恍然大悟道："哟，瑶瑶的男朋友！"

关旭想起来了，这是音乐社的人！之前他去的时候，也有女生这么调侃他，但他根本不知道瑶瑶是谁！

"你是不是认错了？"关旭尴尬地问道。

"不会啊，高一年级第一保持者嘛，长得倒还可以……诶？瑶瑶没和你告白吗！"她似乎很震惊。

"抱歉，我不知道瑶瑶是谁……"关旭感觉自己被误会了。

"那就是未来的男朋友咯。"女生不在意细节，把手中的申请表递给付依依，"依依，我们要参加比赛。"

关旭立马竖起耳朵。

"诶，最近有什么比赛啊？"付依依有些疲劳，整个人晕晕乎乎的。

"SUYI音乐节的选拔，我们社的组合肯定能通过的！"陈诗诗很自信地说道。

"大哥你来干什么？"陈诗诗好奇过去一看，关旭还没来得及遮掩，就被她看到了。

"你们……什么社的？"陈诗诗有点震惊。

"我们……"

"依依我来替班啦，"又一个姑娘推门而入，付依依见了，立马收拾东西去休息了。

"你们……诶！关关关关……"副会长结巴起来。关旭被叫得莫名其妙。

"啊！瑶瑶！"

完了，不妙啊……

关旭很想撒腿就跑。

"你好，关关关……"

"我叫关旭。"关旭哭笑不得。

"是！"副会长许思瑶立马回应。

"她喜欢你哦，小学弟。"陈诗诗十分直白，也不管许思瑶有多尴尬。

"……啊？"关旭第一次被当面告白，以前只是收到过情书，不过那时小，没多大感受。

关旭虽然不喜欢许思瑶，但他被告白了还是很害羞，脸都红到耳根了。

"你们把表拿来我看一下。"许思瑶告白失败后没有多大反应，只是语调明显下降。

关旭很听话地递了过去。

然后就出问题了。

"诶？关旭你们是什么社？没填。"许思瑶疑惑地看着表格。

关旭突然很尴尬，支支吾吾半天说不出话来。

许思瑶盯了他一会儿，便心知肚明，不再追究，当没事人一样，签好字便还给他们。陈诗诗本想追问关旭，但许思瑶用眼神制止了她。碍于好闺蜜的面子上，陈诗诗才暂且放过了他。

"等等！关旭。"许思瑶已经不紧张了，"如果有什么困难，可以找我……"

"谢谢你，如果有的话，我想我们会的。"关旭看起来自然地以笑回应，但还是紧张地扯着校服。

第四章

渐入佳境

暑假特训

因为某些不可告人的原因,LEMON成功蒙混到了学校的同意。

这么一来,似乎都一路顺风了,白小岚是这么想的,但他忽略了一个重要的问题——他们组合里没人会跳舞。

准确地说是没人会编舞。

"我知道了!"那天讨论的时候,关旭突然眼前一亮,但当伙伴们询问请谁时,关旭却支支吾吾解释不清楚。

所以四个人十分期待地在校门口,等待神秘嘉宾和关旭的出场。

"叮铃铃——"自行车的铃声吓了白小岚一跳,四人闻声看去,发现是个女生。

女生穿着休闲运动装,虽披散着头发,但整个人都十分有活力。

"呃,请问你找?"白小岚环顾四周,确认周围只有他们四个后,才犹豫地开口。

"咳,关旭没说我来当你们的编舞外加指导吗?"女生大方地伸出手,"你好,我叫许思瑶。"

"……"四个人沉默了,除了白小岚愣愣地伸出手礼貌地握了握。

许思瑶察觉气氛有些尴尬,只想随便找个话题缓解气氛,"诶对了,关旭他没来吗?"

"嫂子你不是最清楚嘛……"江奕默默开口。

"关旭这个叛徒!"叶玄在一边咬牙切齿。

方云叶倒是没什么波澜,白小岚一直处于傻愣愣的状态。

关旭就像救星一样,在关键时候牵着两个小孩的手,朝他们走来。

"嗨——"关旭心情不错的样子,"小蜜、小牧一定要来,我也没办法。"暑假了,父母还是要照例上班,结果弟弟、妹妹又丢给了关旭来照顾。

"哥,我的名字为什么在后面?"

"哼,因为你讨厌!"

这两个孩子还真是话不投机半句多。

关旭自顾自说完,才发现四个兄弟一脸悲痛地看着自己,许思瑶有点无奈地看着他们四个人。

"关旭,他们是不是误会什么了?"许思瑶虽然告白失败,但目前在她努力下,两人维持了普通朋友的关系。而关旭发现抛开她给自己告白,平时与这个副会长相处起来倒很和谐，就默认了朋友的关系。

"好啊大花，有女朋友了也不告诉我们。"白小岚回过神，气鼓鼓地抱怨。

关旭哭笑不得，正想解释，就见关蜜突然跳起，带着哭腔喊："不可以不可以！小蜜才是哥哥的女朋友！"

"行了行了，我没有女朋友。"关旭尴尬地捂住小蜜的嘴，悄悄在她手里塞了一颗大白兔奶糖，关蜜这才停止闹腾。

于是关旭继续解释："普通朋友而已。"

"什么！"四个人又接受无能了，但气氛不知不觉就欢乐了许多，加上有关蜜和关牧两个活宝的助力，几个人和许思瑶很快就熟络起来。

不过聊天不是她来的主要目的，她是来帮LEMON编舞的。她答应帮忙的那天晚上，关旭就把曲子发了过去，许思瑶学过很多类型的舞蹈，都沾点边，加上乐感不错，折腾了一个晚上，舞蹈开始大致有了雏形。

"一二三四，二二三四……"许思瑶先打着节拍示范了一遍，虽然是女生，但是跳起来，气势也很足。跳完后她开始逐步分解动作，又给每个人排了走位，许思瑶耐心地打着节拍教这五个糙汉子，也不顾及自己是在烈日下暴晒。

要说天分，五个人几乎都没有，特别是江奕，原地转圈都能把自己摔到地上。

"江奕，你单独来一下。"许思瑶看着江奕跳舞，心惊胆战，最后只好把他拉到一边，更加耐心细心地，一个动作一个动作地指导。

江奕上进心也强，可就因为太急于求成，结果往往会搞砸，到最后江奕自己都有些懊恼了。

在一旁擦汗喝饮料的几人于心不忍，最后派遣关蜜和关牧去送"温暖"。

"大哥哥、大姐姐，请喝水！"

"毛巾可以擦汗。"

先是一人一句，最后齐声道："是那边的哥哥们叫我们来的。"

江奕接过水，朝那边看了一眼，几个人也在看这边，还朝江奕笑了笑。

突然有种力量，再次填满了江奕，他深吸一口气，继续和许思瑶练习。

女生都没抱怨什么，自己当然要努力下去。

江奕暗暗地想。调整了心态后，江奕不断地改进自己的舞步，渐渐练出了许思瑶要的感觉。

"很棒！可以停下了。"许思瑶鼓掌表示鼓励，江奕这才松了口气，回头看伙伴，就算没有人监督，他们还是十分自觉地顶着大太阳练习，一起喊着节拍。

报名截止之后,官方只给了一个月的缓冲时间,对LEMON来说,就只有一个月的时间排练了。

"音乐社的组合是女子组合,叫ASW,她们可都是高手。"许思瑶在休息时,不忘刺激一下他们。

"我们也不赖啊!"白小岚嚷嚷。

"也是,但我提醒你们一句,音乐社是正规社团,可以利用学校资源,好的老师也都在那边,你们还是得更加努力才行。"许思瑶还是不放心,怕他们太自信而掉链子。

"明白!"

坏消息

排练是每周六次,从中午到下午,两个礼拜过去了,没有一个说苦喊累,虽然越来越疲劳的身体偶尔会给他们敲警钟。

在校门口站了半天,依旧不见叶玄到来,四个人加上许思瑶都不禁担心起来。

"喂?小玄你……"关旭负责给叶玄打电话。

关旭还没问完,就听到那边的叶玄十分匆忙却无力的声音:"马上马上……"

"你是不是……"

对方挂了。

关旭疑惑地看着通话结束的界面,他总感觉叶玄的状态不太对劲。

叶玄还真马上来了,看上去状态和平时没什么两样,大家便在一番互相调侃中开始了今天的排练。

"叶玄慢了!"

"叶玄动作有力一点!"别看许思瑶平时看起来温柔,但凶起来也是不会留情的。

所有人包括许思瑶都疑惑,叶玄在五个人里算跳得好的,今天怎么频频出错?再看看叶玄也满头大汗,不知是热的还是紧张过度。

在所有人的注视下,叶玄只感觉无地自容,原本晕乎乎的脑袋现在更加晕得厉害,看眼前的一切都像是隔了层纱,加了摇晃特效一样。虽然很想撑一会儿,不耽误大家的进度,但奈何身体的承受力已经到了极限,叶玄在空中晃了晃,差点就摔倒在地。

幸亏站在叶玄前面的关旭眼疾手快地扶住了他,否则叶玄这脑袋分分钟见血。

"没事吧!"其余所有人惊呼。

"去医院吧。"许思瑶提议,"今天就休息一天,反正你们已经熟练了,不差这一天。"

于是一堆人浩浩荡荡地把叶玄扛到了医院,排了许久的队,才见到医生,医生被这么多"家属"给吓了一跳,除了撑着叶玄胳膊的关旭,其他都给轰了出去。

诊断结果出来,倒显得他们小题大做了,就是训练过疲劳加上吃得少,再加上一系列叶玄的个人原因,导致的发烧。这烧得还不轻,本想让他躺病房,可被稍微清醒的叶玄给回绝了,最后商议半天,也不顾叶玄同不同意,就把他扛到江奕家里去了。

叶玄最想回家,可他家里一没人,二是保暖效果太差,三是药物不齐,硬是被所有人拒绝了。

许思瑶见叶玄发烧有所好转就回自己家去了,没有跟去江奕家。

当一行人浩浩荡荡地赶到江奕家,叶玄已经被他们给吵得十分烦躁了。

"诶呀!江江你回来啦!啊啊,小旭好久没来了,都瘦了,阿姨再给你喂喂肥啊,诶这是江江的同学吧,都好帅哦,咦同学你怎么了?来来来,跟阿姨去吃药。"

在江奕母亲热情的招待下,叶玄被扛进江奕卧室吃药治疗,白小岚和方云叶有些手足无措。

关旭毕竟和江奕从小打到大,与江奕母亲都可以认干妈了，自然没有那么拘束，还时不时帮江奕母亲打个下手，泡个药什么的。

白小岚和方云叶呆坐着无聊，干脆拿出手机来玩，刷着刷着，脸色就变了。

在他们特别关注的公众号里，有一条崭新的消息。

比赛须知：由于音乐节时间调前，为使全国赛得到充足的时间保证，区比赛与省比赛将在同次举行，上半场区比赛，下半场省比赛，各队伍只需准备一首原创曲，综合表现，选前五强。

换句话说，就是给你两次机会，而后直接参加全国赛。

这真是……坏消息啊。

叶玄在第二天病情就有所好转，白小岚和方云叶也不打算继续隐瞒下去，打算告诉伙伴们。

"怎么办？"白小岚紧咬嘴唇。

区赛给他们留的时间不多，本以为区比赛晋级的机会大，有充足的把握，再加上区赛结束后离省赛有充足的时间，他们可以好好排练。原本完美的计划，却在关键时候，毁了。

他们甚至都没有接受过老师的指导，完完全全一个草根组合，曲子也是尽自己最大努力去完成的，可他们敢和那些由专业老师精雕细琢后的组合比吗？

他们没有那么多钱去请专业、优秀的老师，只能靠同学的帮助和自己的努力。

"别沮丧，说不定我们的综合可以进前五呢。"关旭试图安慰大家。可貌似没有什么用处。

"要不我们凑钱请老师吧？"白小岚提议。

"白小岚！"提议被方云叶立刻回绝。叶玄零花钱不多，要是再像上次那样为了他们去偷偷打工，估计叶玄的身体过不了多久又会垮掉。

"可真的没有办法了啊！"白小岚委屈地说着，他实在想不出什么提高的办法了，而且只剩两个礼拜不到了。并且官方建议比赛选手前三天到场附近准备，他们还得跑到省中心去住宾馆。

再减一点，就只有一个礼拜了。

所有人都死气沉沉的，最后都郁闷地各回各家。

你好杭州

一个礼拜匆匆溜走，五天的排练一眨眼就过去了，仿佛只训练了五个小时一样。星期六就是LEMON出发的时间了。

早上七点整，五个人提着行李箱，依旧心情郁闷地上了高铁。江奕、关旭和叶玄三人座，白小岚和方云叶两人座，刚好一排。

一直低沉下去，简直不像LEMON的作风。

白小岚心中当然也明白自己身为队长，应该鼓励他们而不是带头打击他们，但他心情比任何一个人都难过——他是最希望LEMON能在大舞台上绽放自我、实现梦想的那个人。

"唉……"白小岚微微叹气。

如果这次失败了，自己还会继续吗？白小岚曾在夜深人静时悄悄问过自己，答案是不知道，白小岚不知道这次失败会对自己、对组合打击有多大。

乘客陆陆续续都坐好了，这时，一个戴着棒球帽、穿着T恤的女生匆匆忙忙地赶来。她在白小岚他们那排停下，仔细看了看手中的票，又退到了他们前面一排，坐到了靠窗的位置。

怎么感觉这人这么熟悉……

白小岚正疑惑着，前面那个女生突然回头，从座位缝间露出一只眼睛，笑眯眯地看着他。

"啊！"白小岚吓得一抖。

"白小岚,这么快就忘了我?"许思瑶不满地摘下帽子,"我可是特地到你们那排去绕一圈的呢!"

方云叶本来闭目养神,这会儿也被白小岚这边的动静给吸引了过来,看到许思瑶只是礼貌地点点头,没有像白小岚一样诧异。

"我说,你来做什么?追大花?"白小岚突然很兴奋。

许思瑶脸微红,"怎么可能!我都看开了,和他做普通朋友了好吗!你们的舞蹈可是我教的,我来验收成果不行吗?"

白小岚被她这么一说,又慌了神。

"喂喂,你怎么了?"许思瑶觉得奇怪,但老是扭着脖子也怪疼的,便转了回去。

一个强烈的声音告诉白小岚:有人在期待你们的表演。

如果还没上台就先否定自己,那同时也就是在否定许思瑶——那个不管烈日当空,也陪他们坚持训练的女生。也在否定在他们背后默默支持的家长。

"叶子,我们会晋级的,对吧?"白小岚对正要睡着的方云叶说道,"不就是前五嘛,对我们来说,可都是小菜一碟。"

方云叶惊讶地看着突然转变的白小岚。

"我知道我们资源弱了点,但上台又不是比资源,只要努力拼出最好的一面，我们就是王者。"

"我很高兴。"方云叶笑道，"你能这么想。"

"是吗……对不起，之前我带来的负能量太多了。"白小岚愧疚道。

关旭那边也有动作，关旭对旁边的江奕悄悄说了什么，江奕侧身又对叶玄说，叶玄又奉命传给方云叶，方云叶更惊讶地转达给白小岚。

"什么？不会被抓起来吗？"叶玄躲在关旭身后，抖着不敢出来。

"怕什么，我们陪着你。"关旭坏笑着把叶玄一把拉出来。

"比赛前最后一次壮胆了，加油吧。"方云叶淡淡道。

五个人有的激动，有的无所谓，有的害羞，一字排开，闭上眼。

站在中央的白小岚深吸一口气，对这节车厢的乘客，也是对他们自己说："大家好，我们是LEMON组合，我们马上就要去比赛了，希望可以，得到你们的祝福。"

王者靠的是七分敢于与众不同的勇气，外加三分实力。这件事或许很疯狂，但他们做了，他们注定就是最后闪闪发光的王者。

白小岚首先领唱，接着关旭接上，接着江奕、方云叶、叶玄加入……大家一起唱出了他们第一次表演时的曲作。

"谢谢大家。"一曲落幕,白小岚说完这句话,车厢内就安静了下来。所有人都在注视着这五个少年。他们身上似乎产生了某种特殊的魅力,不是那张青涩的脸,是一种来自全身,可以感染他人的魅力。

掌声响起,许久不停,甚至隔壁车厢也有鼓掌欢呼的声音。

许思瑶更是兴奋地站起来鼓掌。她为他们感到骄傲。

"加油!"这是他们今天听到最多的声音。

回到座位上,白小岚才松了口气,他其实一直都在怕,怕伙伴们和自己被保安抓走,或是因为打扰了别人的好梦被抓着衣领大骂。

"啊啊啊!你们真是我的骄傲!"前座的许思瑶已经激动到颤抖了,"你们都不知道刚刚的自己有多帅!"

"我不唱歌也很帅!"白小岚不满地哼了一声。

许思瑶自然忽略了他的话,接着感叹:"特别是我的男神,真的,开嗓的那一刻帅到我了。"

"花痴!"白小岚吐槽。

列车很快就到了杭州高铁站,几位少年一下车就连忙呼吸着新鲜空气。

"妈妈,你看!是列车上唱歌的哥哥诶!"一对母女经过他们身边。

"嗯,是的,小朵要去打招呼吗?"

小女孩匆匆跑过来,看了眼五个人,最后跑到关旭身边,有点羞涩地对他说:"哥哥,你们要去哪里唱歌呀?"

"好像是在××。"关旭似乎天生对小孩子有种吸引力。关旭蹲下来,轻轻摸了摸小女孩的头,"要来看我们吗?"

"要!小朵也喜欢唱歌!"

"那要大声为哥哥们加油哦。"关旭说完,就起身准备告别,没想到小女孩还不舍得了。

"妈妈我要去看哥哥们的表演!"

"可以啊,前提是把每天的日记写完。"

"好!"小女孩心满意足地和妈妈离开了。

"你家两位小祖宗应该都以你为傲吧。"白小岚羡慕地说着。

关旭倒没觉得,但他也很希望三天后,小牧、小蜜会来看自己的舞台演出。

战书

到了杭州的第一天没什么事,本想继续训练的LEMON被他们的舞蹈老师许思瑶给狠狠地骂了一顿。

"不是告诉你们不要过度训练吗!嗓子哑了怎么办!叶玄你又发烧怎么办!"

于是他们被许思瑶赶去了杭州乐园放松身心,许思瑶则去各种商场闲晃、血拼。

门票虽然是贵了点,但白小岚他们还是挺开心的。特别是方云叶和关旭,平时没少装乖,一来到游乐园,就本性暴露,两人坐了好几圈的过山车都没停下来。

"至于吗你们……没见过世面一样……"

几人解决了午饭,便想继续玩,可没想到的是,在出快餐店的时候,居然遇上了ASW。

"你好啊。"也许是同校见过面,或者她们从许思瑶那边了解了他们的长相,几个女生很快就认出了他们。

"你好你好。"白小岚莫名心虚。

"哈哈,你们好可爱。"ASW大多由高三女生组成,看LEMON一群高二的学生和看弟弟一样。

白小岚卡壳了,这该说谢谢还是……

"你们也是要参加比赛的吧!我们在列车上听到了你们的歌声。"带头的女孩突然提起比赛,让气氛顿时有些紧张。

"不要紧张啦!我们有很努力地鼓掌哦!"另一个学姐笑嘻嘻地说,好像看出了他们的警惕。

看着她们的确不像来挑事的,LEMON便轻松了许多,和她们有一句没一句地说着。

"我想玩旋转木马。"叶玄突然扯了扯关旭卫衣的帽子，有些不好意思地说。

关旭憋着笑，和白小岚转达了叶玄的意思，然后两队正式告别。

关旭刚想朝旋转木马走去，就被叶玄拽住了，"喂，我骗你的，跟上她们看看。"

"哈？"所有人不解。

"你们没看到有一帮女生一直想上来和她们说话但不敢上来吗！"叶玄白了他们四个一眼，迅速地跟上去。

ASW刚与LEMON告别，果真就被另一个组合拉去谈话了。

那个组合也是个女子组合，而且还穿着校服，叶玄仔细一瞧，震惊了，这不是那个老是喜欢和他们学校抢第一的学校吗！

她们也参加比赛？

"我们今天想和你们下个战书。"那个团很认真地说。

"你们小孩子吗？还来？"ASW里明显有人不满。

"真是拿你们没办法，每次都要和我们比。"ASW的带头女生笑着说，看样子，这两个团私下关系还不错。

"诶呀，否则没意思，何况马上毕业了……我们不赌别的，赌第一，怎么样！"

"好啊，条件呢？"

"输的团要请对方每一个队员吃西湖边的旋转餐厅的自助餐，当天哦。"

"没问题。"

两团欢乐地定下战书，欢乐地散去。

真是……出乎意料啊。

既然她们敢赌第一，说明很有自信，实力不容小觑。白小岚心中默默地算着他们超过ASW的可能性。

"LEMON。"突然被人叫住，五个人还真吓了一跳。

是ASW。

"我想……求你们个事。"

"啊？"白小岚大脑突然停机，不会为了第一要"杀人灭口"吧？不行不行，他们还是想娶老婆养孩子的好公民！

"就是我们刚刚和星曜组合打了个赌……你们不是在偷听嘛，所以肯定知道内容了。"没想到偷听被抓包，一时间LEMON很尴尬，"所以能不能求你们不要告诉学校这件事……"

"什么？"不是要"杀人灭口"吗？白小岚又愣了。

"我怕学校知道后，如果我们输了，就会丢学校的脸……"ASW困扰地说道。

"其实输了也没什么，但我们马上就要毕业了，我们想给自己留下一个美好的回忆。"

江奕最受不了煽情的气氛，他爷们地一挥手，道："不用怕，你们很厉害！"

"对啊，相信自己最重要嘛！放心吧，我们绝对保密！"白小岚也应道。

这番鼓励却使ASW愣了神，看着眼前五个笑得天真的少年，不禁伤感起来。一年前，她们也像他们一样，充满着无限希望啊！可如今只要想到组合即将解散，内心就没来由地小心翼翼起来。

比赛！Action！

三天的时间匆匆流逝，第四天来了，这是LEMON近期最重要的日子。

他们即将面临人生第一次真正意义上的表演，站上那舞台，对观众唱出自己的梦想。

深呼吸，深呼吸……

江奕早早地准备了新演出服，得意扬扬地分发给大家。

"天哪，这简直比去奥赛比赛还要紧张！"关旭望天。

"哥哥，哥哥……"突然的，关旭的手被一个软软的小脸蛋贴住了。过了一会儿，又一只小手淡定地握住了他的手。

"哎哎哎？"关旭惊讶，"你们怎么……"

"爸妈来了哦，还有很多哥哥的爸爸妈妈！"小蜜很兴奋，"哥哥好棒！"

"加油哥哥。"小牧说完，就像完成任务一样拽着贴在关旭身上的小蜜溜出后台。

白小岚低下头，喃喃："爸妈都来了啊。"

"我爸爸……"叶玄咬住下唇，父亲应该不会来的吧，高铁票不便宜，自己也是用完所有零花钱来这里的，游乐园的票还是大家请的来着。但他也很希望自己的父亲可以来看自己的表演，他也想证明给父亲看，自己的梦想的光芒有多耀眼。

"我们是第六个，很快就会上台了，加油。"白小岚默默打气。

方云叶淡定地站在旁边，闭目，掩饰自己的紧张。江奕一向大大咧咧，这次却认真了，不停回忆着舞步，生怕有一丝出错的地方。

"嘿！"白小岚见已经到第五个节目了，他决定最后鼓励一次自己，"我们是最棒的！"

从未如此激动过，五人手拉着手，在帷幕拉开的那一刻，他们松开了彼此的手，但他们的心，却紧紧串联着。

本来也没什么可紧张的了，但就在这关键的时候，台下评委席的一个评委突然晕了过去，接着一大泼医护人员匆匆将他抬走，一时间，场内十分混乱，叽叽喳喳地议论着，根本忘了此时还在进行选拔赛。

白小岚慌了。

这无疑对他们来说，是很不公平的，大家的注意力都散去，到最后，白小岚渐渐觉得自己，和伙伴们的声音，也缥缈了起来。

白小岚张了张嘴，过度紧张，他竟停下了歌声。

其余四个人似乎也紧张了起来，先是叶玄跟着停下，直到最后关旭也无奈地闭上了嘴。五个人像逃兵一样，灰溜溜地下了台。

"请问，这次表演，算吗？"白小岚下台后，顾不上反思刚刚的一切，先问道。

主持人急着上台，匆匆丢下一句："废话！倒地的又不是你们！"

一句话，戳中了五人的内心。

是啊，倒地的不是他们，他们怎么了？为什么要停下自己的歌声？刚刚是大家最无措的时候，他们不仅没有用歌声平复他们的心，反而自己先当了逃兵。真是可笑。

他们还是LEMON吗？

五人谁也没说话，沉默着，沉默着……

"哥哥……"一个熟悉的声音响起，关旭勉强扭头，对笑得开心的关蜜笑了笑。

关蜜没察觉冷漠的气氛，一个人自言自语着："哥哥们辛苦了，小蜜给大家带饼干啦！"

"叔叔、阿姨和爸爸妈妈说让小蜜告诉你们，不管发生什么，哥哥们只能走一条路，一条叫永不言弃的路。"语罢，又疑惑道，"哥哥，什么叫永不言弃呀？"

仿佛没有之前那么沮丧了。

关旭接过饼干，笑着道："就是永远不放弃的意思。"

"那为什么可以走呢？"关蜜更加疑惑。

白小岚这时插了嘴，道："要哥哥们证明给你看吗？"

"可以吗？"关蜜兴奋了起来。

"当然可以。"五人齐齐道，从原本蹲着的样子，又恢复到了挺着背，站立的样子。

送走关蜜，气氛也依旧活跃，他们正在准备下半场表演的发声练习，保证第二次机会不被他们自己搞砸。

帷幕再度拉开，五位少年从容地站在原地，静静注视着台下。

"We are the best one！"突然爆发的声音，引起掌

声不断。

语落,帷幕拉开,站在舞台上的,是最闪耀的LEMON。

"Hey!

不要放弃

奇迹还在继续

只要抓住现在

一切都有可能性

也许现在的你怀才不遇

也许以后这样生活继续

但请永远不要灰心

你的成功只是时间的问题

把握当下

追逐梦想

停止前进可不是好事情

请跟上我们的步伐

……"

叶玄唱着,在观众席的一个角落,他清晰地看到了,自己父亲为自己喝彩的样子。

他嘴巴张张合合，努力说着什么，却淹没在一片欢呼声中。

他仿佛听到了父亲在耳边对自己说：你是我的骄傲。

说着这句他盼望了十几年的话。

焦急等候

一下台，所有人都气喘吁吁。

这才是最卖力的表演，用生命在唱歌。

他们忙着擦汗，补充水分，去外面呼吸新鲜空气，却出乎意料地投入了各自家长的怀抱。

"宝贝儿你太棒了！"江奕妈妈搂住江奕，"你设计的衣服真的太好看了！"

"哥哥好厉害。"

"再厉害也不是你的！"两个小祖宗又在拌嘴，父母根本没法制止，也任由他们去了。

方云叶的父亲比较正经，扶了扶眼镜，平静地说："你在台上的活泼程度我建议你可以适当地带入生活。"

而再过去的叶玄和他父亲就比较含蓄，只是拥抱在一起，但他们都能明白，彼此想说的话。

"我们去美美地吃一顿吧！"江奕母亲提议。

"不行！"这一提议立马被无情的小孩子们给拒绝了，"结果还没出来，哪儿来的心情啊！"

"肯定第一啦！"江奕母亲十分自信。

"……"对于这种评价，LEMON可不想欣喜接受，于是他们残忍地告别了家长，准备几个人一起去宾馆慢慢等候结果的出炉。

结果很快就会出来，晚上零点准时放到官网上，LEMON很霸气地决定为了结果熬一个通宵，为此他们特意定了五份夜宵供他们填肚子。

拜托……一定要……

时间一分一秒地过去，秒针快速走动的声音，在他们心弦上回荡着，五个人如同奔赴战场的军人，紧闭着双眼，内心既抱有希望，又为最坏的结局做了准备。

还剩五分钟，所有人突然害怕了起来，不安的情绪肆意侵袭着他们脆弱的外壳。

"小玄，你可以起来了，快零点了。"关旭推了推叶玄，叶玄故意装睡，静闭着眼不敢起来。

"三！二！一！"

"叮——"邮件来了。

四个人死死地盯着那个小红圈，倒吸一口凉气，点开了邮件的链接。

"啊啊啊啊啊啊!"白小岚突然从电脑前跳开,大叫着躲到一边,关旭抱着枕头,可怜的枕头已经被他揉得不成样子了。

方云叶躲到了厕所,内心无比煎熬。

江奕无奈地操纵着鼠标,大声喊:"第一名——ASW!"

"第二名——星曜……"

"第三名……Andy白……"

"第……第四名……无邪……"

"……"江奕不敢报了。

"继续报啊!"白小岚红肿着眼睛,大吼。

"第,第五名……"江奕抖着身子,滑动鼠标,"羽之……"

所有人沉默了。

"啊,不不,我看错了。"沉默中江奕突然松了口气,他滑过头了!

"是我们啊!啊啊啊啊啊我们晋级了啊啊啊啊啊!救命啊!"

"第五名……还不错……"只能算还不错了,至少有希望。

"都站过来。"白小岚松懈下来,招呼着,"我们,LEMON,虽然在全国赛处于劣势,但我们——"

"永不放弃希望!"

简单的一声口号,注定闪耀他们一生。

第五章

跌跌撞撞

一失足成千古恨

结束了区省比赛，一路艰辛的LEMON终于盼到了晋级的机会，即使接下来的比赛会对他们非常的不利，但这依旧不会成为他们前进的阻力。

全国赛准备时间就相对充裕了，他们有整整一个高二的时间，也就是说，到升上高三的那个暑假，才会开始比赛。

虽然时间多，但也不见得多有利。高二的学习更加紧张，稍微不留神，半个学期就没了，LEMON虽然天天在排练，但都会在两个小时内结束。

期中考到来，大家都自信满满，唯独关旭在考试前一天晚上零点还在疯狂刷题。

他认不认真他最清楚，省赛完后，关旭有一段时间确实沉迷在音乐中无法自拔，都没认真预习复习，老师上课因为信任他，偶尔看他开个小差也不会去说什么。就这样，关旭第一次混混噩噩地度过了重要的前半个学期。

直到昨天，方云叶来请教他一道题目，关旭是有印象的，他看到过，可最近看教辅都一扫而过，哪会去研究。他尴尬地让方云叶去问老师，结果方云叶问了另外一个学霸，他做出来了。

这是一个使关旭意识到危机的机会，可惜太晚了。

力挽狂澜，明明知道考试前一天晚上需要休息，可关旭没办法，他怕，怕一跌，就跌入深渊，他怕一跌，就看到父母绝望的目光。

考场出来后，关旭阴着脸回到自己的教室。

"班长大人，交答案！"一帮人乐呵呵地过来，疯狂地抢关旭手中的答卷。

"喂，你们……"关旭还没来得及制止，卷子就已经落到了别人手中。

"啊？这是B吗？"

"嘿嘿班长错了一道选择题。"

"哇！班长算错……"

关旭心情一下子跌入谷底，努力去抢试卷，可奈何群众的力量过于强大，好几次关旭都扑空了。

江奕在一边努力维持秩序，"你们闹够了没啊！抢卷子好玩吗！"

卷子在学渣群中游走，最后叶玄很荣幸地拿到了，还给了关旭。

关旭好不容易平复了情绪，坐在位置上一言不发。

方云叶等在外面，等待关旭像往常一样出来对答案。

可关旭似乎忘了,他趴在桌子上,貌似在补觉。

这是关旭吗?不应该一脸得意地追着自己对答案吗?

方云叶有些惊讶。但等了许久也没等到,方云叶就失望地回去了。

成绩很快就出炉了,关旭心中早已知道答案,因为老师刚刚拿到成绩单,就叫了关旭的家长。

是的,叫家长。

在高中被叫家长是件丢人现眼的事。关旭看到自己父母路过自己班时,还不停用手机办公。他们很忙,但关旭不需要他们操心,两个小的在幼儿园放学后也几乎交给关旭照顾,没想到最靠谱的大儿子就这样出了岔子。

"关旭,老师和你说,你不要过度失望,老师相信你这次是考砸了。"老师对关旭和他父母道,"但是呢,这样的状态持续下去肯定是不行的,你的目标是清华、北大,至少也要上浙大吧?但要是再以这样的速度退步下去,恐怕这三所学校一所都上不了。老师希望你能反省一下。"

"你怎么回事?"回到家,关父就把成绩单丢到了桌子上,"十二名,十二名!你一个第一掉到十二?"

"爸爸生气了哇啊啊——"关蜜哭了出来,"不要骂哥哥嘛爸爸——"

于是两个小孩就被关妈连哄带劝地带到房间里自娱自

乐了。

"你要是期末考再不到前三,爸爸就把你送到国外去。"关父冷静了下来,"浙大也不行!清华、北大你自己选!"

"爸……"

"这么定了……你们月考排名吗?"

"排。"

"那就月考。"

"不行!爸!"关旭急了。

"什么不行!第一不是家常便饭吗?爸爸相信你这次是考砸了。小牧、小蜜会被接到奶奶那边去住,保证你在高考前都不会有人打扰。"

"再反抗,我就让你把组合的活动给停了。"

"这个不行……就这个不行……"关旭乞求道,没有再反抗下去,回到了自己的房间里自己冷静。

第二天关旭都害怕去学校,要不是父亲居然提出亲自送他,他估计就要旷课了。

"大花,你怎么了?"江奕戳了戳无精打采的关旭,"其实偶尔考砸也不算什么……"

"我不想出国……"关旭把头埋在臂弯里。

"啊?你爸要送你出国?"江奕惊讶地看着关旭,"为什么啊?没道理啊?"

"我也这么觉得……"关旭闷闷不乐地掰着指头算着月考时间,掰弯十个指头才发现事情不妙,"没几天了哎!不行不行!我这几天得向白小岚请个假。"

叶玄挤进来插了句:"最近训练很紧,你走了我们都很难站位。"

"没事没事,我们可以调整!"江奕见关旭渐渐为难起来,连忙推了推叶玄,想封住他的嘴巴。

下午,关旭还是被叶玄拖去了,关旭其实也想当面和白小岚说,就没怎么反抗。但白小岚知道后还是大吃一惊。

"什什什么!出国?"白小岚一时接受无能,"那我们怎么办?"

"他只是说考不到前三会出国而已。"方云叶还是很相信关旭的水准的。

"可这次考砸让我很怕……"关旭说话声音越来越小,像是说给自己听的。

"我们来帮你吧。"方云叶突然提议。

这次大家又愣住了。

这次考得过关旭的,好像只有第六名的方云叶吧?其他连前五十都没进,谈何帮?

"可以可以,督促我们的大花学习。"白小岚最先反应过来这帮助的含义,立马暖场。

"督促不用吧……"关旭有点不好意思,"有氛围就行了。"

"简单,包在我们身上!"江奕豪气地拍拍胸脯。

只有叶玄貌似一点都不担心关旭自己会考砸,依旧不停地反驳:"可我们时间也不多了!"

"那都是小事,比起组合的排练,队员才是最重要的。"白小岚再次说出这么有道理的话,方云叶都吃了一惊。

可以加入吗

之后的时间里,LEMON难得暂停了排练,全身心投入学习,白小岚、江奕、叶玄有事没事就缠着关旭、方云叶讨论问题,虽然很多时候是关旭、方云叶直接讲解给他们听。

几天下来,三个学渣倒进步飞快。关旭的神经渐渐紧绷了起来,为了不被他们问的问题难倒,关旭只能抓紧一切时间研究题目,分析题目,知道怎么做了还不能停,一定要熟练到讲解能让三个学渣听懂的地步。

白小岚他们的进步在老师眼中是共睹的,其实老师并不知道LEMON的事情,只是以为他们自己建立了一个学习小组。关旭自己也慢慢找回了之前的感觉、之前的习惯，学习也开始重新走上正轨。

月考很快就来了，也很快就结束了，关旭看到成绩后才松了口气，出国危机虽然已经过去，但要以此为鉴，说不定以后父亲又生气了，估计下次就没有机会了，直接买好机票，把他送出去。

一起学习在二十多天下来已经成了LEMON的新习惯，也是一种让考试安心的存在，白小岚与大家商讨后，决定不取消它，每次自习课就凑到一个教室，一起学习。

这天，刚刚结束自习的白小岚伸了个懒腰，想去基地排练，没想到被同班同学叫住了。

"小岚。"是一个戴着眼镜的男生，平时白小岚几乎没和他接触过，对于他会来找自己，白小岚还是深表疑惑。

"你们是不是有一个组合叫LEMON啊？"

白小岚诚实地点点头。

"那……"男生有点别扭地说，"我可以加入吗？"

"什么？"白小岚以为自己听错了。

"我也喜欢音乐！"男生认真地说着，"可以给我一个机会吗？"

"呃，我问问叶子……啊叶子今天生病了……那我问问大花他们……"若在以前，白小岚会毫不犹豫地答应他，而且还会很激动。但如今已经不是以前了，LEMON 的五个人已经渐渐萌生了一种默契，创造了一种相同的、只属于他们五个人的磁场。再加入一个，恐怕得好好思量一下。

看着眼前十分期待自己答复的男生，白小岚十分纠结，他肯定也有和自己相同的梦想吧？

如果自己是他，被拒绝会很不好受的，说不定还会怀疑自己的能力，最后放弃梦想。

多种声音交杂着，白小岚最后很无奈地带着他去基地见了其他成员。

"这是丁弘越。"白小岚紧张地看着伙伴们的表情，"他，他想加入我们，我不是……那个我只是带他来看看我们排练。"

白小岚吞吞吐吐地介绍完，看着伙伴们的脸色渐渐由晴转阴再转多云，顿时后悔了自己带他来的决定。

"你们好，我希望可以加入你们，我学过唱歌，还会吉他。"丁弘越倒没有之前那么紧张，大大方方地介绍自己，丝毫没有察觉到尴尬的气氛。

丁弘越执着地坐在一边，还真打算看他们排练。

"咳，那开始吧……"

"云叶没有来，他的位置怎么办？"关旭指了指前方左边那个比较重要的位置。如果那个位置不站人，叶玄很难判断自己的走位。

　　白小岚心比较大,自然没有想太远,只是十分庆幸地拉过丁弘越,本意是想让他今天帮LEMON排练时占个位,可看丁弘越兴奋的样子,不难看出他误会了什么。

　　这样的确很让人误解,如果方云叶看到这样,估计也会误会。

　　"小白——"关旭支支吾吾的,碍于丁弘越在场,不好直接表明意思。

　　"没关系的,叶子明天就回来了!"白小岚显然是没有理解关旭的意思。

　　一场排练下来,大家都很不自在,丁弘越却在结束时很激动地问白小岚:"我以后可以经常来吗?"

　　"啊……"白小岚找了个折中的说法,"来看看是可以的。"

　　叶玄在一边听得不耐烦了,推开白小岚,十分没风度地对丁弘越说道:"你休想替代方云叶。"意思就是你以后别来了。

　　丁弘越被这种强势的态度给吓住了,手足无措,"对,对不起,我没有那个意思。"

　　大家不欢而散。

　　方云叶只是小发烧,打电话询问过了,明天就能来上学。只是现在还不确定丁弘越明天会不会执意要来基地看他们排练。

次日下午,丁弘越果然去了。

他的执着白小岚倒是很欣赏,但可惜的是他的执着用错了地方,造成了别人的困扰,而白小岚不得不承认这中间自己有不少"功劳"。

果然果断拒绝才是互不伤害的解决办法,可惜时机过了。

"丁弘越你怎么来了?"方云叶在基地,有些疑惑地看看丁弘越,又看看白小岚。

"站位站位!"白小岚先招呼,"他只是来……"

一说站位,丁弘越受昨天的影响,习惯性往方云叶的位置那边一站,方云叶慢了一步,竟给他抢了位置去。

方云叶刚开始没反应过来,但看到白小岚十分心虚又十分焦急的样子,他隐约猜到了什么。方云叶"不负众望"地黑了脸,站在丁弘越面前,看着他不说话。

他不气丁弘越,只是有点寒心。

怎么一天不来,自己可以被替换了?

"那个……叶子……"

"你闭嘴。"方云叶微怒,看向仍然不离开的丁弘越,"谁让你站这里的?"

"白小岚。"丁弘越理直气壮,白小岚吓得脸都白了一度。

"你现在马上给我从我的位置离开。"方云叶面无表情,但也许遗传了他父亲生气时那种严厉到令人害怕的眼神,丁弘越居然在无意识中往后退了一步。

"对不起。"丁弘越被吓到了,说了这么一句,就落荒而逃。

"对不起,叶子是我……"白小岚急忙解释。

可方云叶正在气头上,根本听不进这些。

"如果我今天再不来呢?"

"我不会让他去取代你的!"白小岚认真地发誓。关旭、江奕、叶玄也不由地随着白小岚一同担保。

"可我明明看到……"方云叶见此,态度渐渐缓和下来。

"我不是正准备解释嘛!都怪我,他第一次来找我的时候我犹豫了,没拒绝他!"白小岚十分真诚。

方云叶被他们严肃的表情逗得心情好了些,本来就相信他们不会做出那么出格的事情,这下倒更加确信了。

见方云叶嘴角止不住向上扬,白小岚他们也松了口气。

"那么,开始今天的排练吧!"

ASW的告别

在那件事之后,白小岚带着全体成员找到了丁弘越,向他鞠躬道歉,希望得到他的原谅。

丁弘越回去努力反思了,倒也觉得自己的行为有些尴尬,见白小岚浩浩荡荡地来道歉了,十分不好意思,他道:"我也不好,你们别这样啊!"

"一起努力吧!"白小岚笑着伸出手。

"啊?"丁弘越十分迷茫地看着白小岚。

"我们都在为同一个梦想而努力,我喜欢你的执着!"白小岚认真地对丁弘越说,"我希望,你可以永远坚持下去。"

丁弘越有点被感动了,和他们每个人都拥抱了一下,这事就算过去了。

丁弘越想模仿他们,自己创个团队,时不时来LEMON的基地取取经。可不幸的是,本来说好要一同陪他向梦想奋斗的伙伴一个个都选择了放弃,丁弘越只好靠自己一个人。

"我们真幸运。"白小岚听闻后,不禁感慨道。

是啊,在大千世界里,他们能够找到彼此,真的是太幸运了。

可烦恼依旧接连不断地阻挠着努力成长的少年们，某天，ASW居然来拜访了LEMON。

"我们要解散了。"很突然，ASW领头的女生严肃地和他们说。

"啊？什么？你们全国赛……"白小岚震惊了，她们不是第一吗？怎么这么突然。

ASW的一个女生解释道："第一是没错，但我们高三了你也知道，学业很紧，而且全国赛在高考后，我们里面有人要考到国外去，一考完就得走。而且高考后大家各奔东西，几乎都不在一个省，我们商量了很久才决定弃权。"

"为什么不挽留一下，说不定……"

"算了吧，挽留只会限制她们的发展，她们都是才女啊，怎么能因为这种儿戏的组合失去发展的机会？"队长淡淡地说着。

白小岚对于"这种儿戏组合"很不赞同，"怎么是儿戏呢！是要唱一辈子的！"

当白小岚说出这句话后，LEMON的其他人也震惊了，没想到白小岚是这样想的。

"哈哈，一辈子，你当拍电影呢。"有女生笑道，"我记得你们里面有两个年级前十吧，他们要是和你唱一辈子，清华、北大这种学校岂不是通通放弃咯？"

白小岚这才想到，大家的未来。

他曾经天真地以为他们的未来，就是LEMON。原来不是这样的。

"你们比赛完估计就要散了，上完大学，考完研究生，就算路上偶遇也不认识彼此了吧。"

"好啦，我们就是来和你们说一声我们要解散了，你们加油吧。"最后，ASW笑着收尾，她们转身走了，形同陌路。

白小岚蹲下来，有点接受不了这个事实。

"小白？"大家都担忧地看着白小岚。

"要是我们小学就在一起组成LEMON，那么时间就很宽裕了吧？就算毕业了，肯定不会忘记彼此的吧。"白小岚苦笑。

方云叶安慰道："不用这么悲观，现在信息这么发达，我们肯定能保持联系的。"

"就是，那么悲观干什么，大不了我们几个考在同一个省呗！"叶玄也说。

"我们毕业后还可以经常在一起唱歌啊！"江奕说着，就突然觉得有些不合理，毕业后有些人一定工作了吧？那么肯定很忙，刚开始可能连聚餐都是个问题。

没想到时间这么短暂，组合仿佛昨天才成立，今天就要解散了。

"算了算了！不想这么多了！"白小岚烦躁地扯着头发，"至少现在我们还是LEMON！管他以后怎么样！活在当下。"

专业人士（一）

因为ASW解散了，有好几天LEMON都不太有精神，不过男孩子心没那么细，再和伙伴们混了几天，烦恼也渐渐抛到脑后去了。

他们现在只想着珍惜，希望全国赛可以拉住彼此，在比赛之后也可以一起唱歌。

要实现这个目标，就是要赢得比赛。

LEMON这次野心够大，所以之后每天的排练也不敢疏忽，一天比一天刻苦。

许思瑶自然又被拉过来，每天下午都帮助LEMON练舞，但她自己明白，自己水平有限，他们成长飞速，渐渐的，自己已经不能再轻易地找出问题了。

许思瑶在一天下午，对白小岚说出了自己的想法：给他们找一个专业的舞蹈老师。

"怎么可能，我们都拿不出钱。"叶玄第一个否决，打工虽然可以，但自己成绩就得受其影响，现在伙伴都在直线进步，自己怎么可以拖后腿？

"ASW解散的事你们知道吧？"许思瑶神秘一笑，"她们之前向学校申请的资金没有完全用完，我和她们说了你们的情况，她们愿意将剩余的资金全部给你们。"

"真的？"全部人都十分惊讶，不过更多的是感动。从他们在省赛开始，ASW就一直在鼓励他们，完全不像是对手，倒更像一起努力的朋友。

再想到她们解散了，心中又是一酸。

"我给你们挑了两个老师，如果你们同意，每周一、三、五下午六点他会来给你们进行培训，声乐老师每周二、四两天同一时间来培训。至于周末你们自己安排。"许思瑶见所有人都点头了，心情大好，本来准备就此完事，结果想了想还是不放心地提醒道："舞蹈老师不喜欢迟到，有点凶，你们由着他骂就好了，他心还是不坏的。"

行程从今天开始，今天星期三，正好是据说很凶的舞蹈老师的课。

白小岚他们一下自习，没敢耽误，就狂奔到基地，静静等候舞蹈老师的到来。

五点五十九……六点！

"你们好，我是你们的舞蹈老师，俞夏。"

"鱼虾？"江奕下意识地脱口而出，场内气氛顿时冷了下来，再看俞夏的脸，已经黑得发亮。

"同学，劈叉会吗？"俞夏收敛了些表情，换上一副毛骨悚然的微笑。

江奕一哆嗦，连忙摇头。

"那好，老师教你。"俞夏不愧是老师，一字马随便一跨。可对于江奕来说……着实有些困难。

江奕丧着脸，哭喊："老师，我错了！我去跑圈吧！"

老师继续笑着，把江奕拖了回来，"下去吧。"

这话讲的，江奕瞬间觉得他是要自己下地狱。

江奕把求助的眼神丢给关旭，关旭犹豫了下，还是开口道："老师，江奕他……"

"没事，我看好他。"俞夏转头看向关旭，"要不，你一起？"

关旭一哆嗦，把头摇得和拨浪鼓一样，俞夏小哼一声，继续对付江奕。

江奕颤颤巍巍地立在空中，本以为就此结束，没想到俞夏突然发力，把他往下用力一压！

"老，老，老师！"江奕只听到一声布料被撕裂的声音。

"嗯？继续撑着。"俞夏温柔地说着，假装什么都没听到，接着，他转头对一群瑟瑟发抖的男生道："让我看看你们的水准吧。"

俞夏看他们半天不敢动,最后不耐烦地开始让他们从头开始练基本功。

每人一踩,这腿,今天算是废了。

"唔……疼……"回家的路上,大家都是相互搀扶着回去的。

最惨的是江奕,裤子破了,都不敢往外走,还是关旭最后慷慨地贡献了一件外套给他腰上围了一圈,挡住了江奕尴尬的裤洞。

"破洞牛仔裤这几年很流行哦。"给江奕捆完衣服,关旭不忘调侃。

江奕只能一路心虚地小步走回家。

专业人士(二)

星期四是比较轻松的音乐课,老师是女老师,说话声音不算大,人很温柔。

男生们刚刚被凶狠的男老师给摧残过,这女老师简直成了他们的救星。

"我是李瑾年,你们叫我小年老师就可以了。"李瑾年说话声音如同小桥流水般轻柔,一句话就赢得了LEMON所有成员的好感。

上了专业课才让LEMOM清晰地意识到自己的不足和需要改进的地方。

"你们唱得不错,但很表面。"小年老师很快就指出了他们致命的问题。

"投入的情感不够强烈,而且和同伴的交流不够多,导致你们唱出来的东西,虽然可以赢得掌声,但不能鼓舞观众,与他们产生共鸣。"

"怎么投入情感?"白小岚很是好奇,他已经用心去唱了呀。

小年老师微微一笑,道:"很简单,你们闭上眼睛。"全部人乖乖照做。

"回忆你们组合刚刚成立,你们五个人天真的样子……当时舞台对于你们很遥远,甚至只存在于梦中……慢慢地,你们开始成长,也渐渐明白了现实的残酷……你们很累很累,比别人要多许多工作,但每当累极了时,你们都会对自己说:'不要放弃。'……最后你们坚持了下来,鼓起勇气参加了比赛,当你们登上舞台的一刻,你是家人的骄傲,得奖的时候,你们为自己自豪……"所有人闭着眼睛,回忆着这些并不遥远的事情。

刚开始，只有两个人，渐渐地，到了五个人。为了给家人证明自己，他们在学习与音乐上，都开始努力，历经千辛万苦，终于得到了家长的认可。

看似简单的经历，其背后又是何等艰辛。

不过还好，他们坚持下来了。

小年老师见他们已经进入了状态，便带着他们开始唱为全国赛准备的原创曲，五个人第一次如此投入地对待这首歌，闭合眼睛，那首歌仿佛就是他们对梦想全部的解说。

照着小年老师的指导，他们开始学会在唱歌时给队友一些眼神交流，让彼此成为一个真正的整体。

多云转晴

LEMON这边练着舞蹈声乐，并不知道另一边的许思瑶正处于何种紧张的状态。

半小时前，许思瑶正在整理学生会的文件，本想整理完去LEMON的基地看一看，看看老师怎么样，就被校长叫去了办公室。

"不叫会长吗？"许思瑶疑惑，一般都是她们一起去开会的。

"不，校长点名找你。"行政老师解释着，表情看不出什么，许思瑶更加觉得不对劲，可回忆一下自己以前做的事，好像没有什么不对的地方。

她心情忐忑地穿过一幢又一幢教学楼，来到校长办公室，刚进门，许思瑶还特地瞄了眼校长的表情，却发现校长和平时一样，脸上没有任何情绪。

"思瑶啊，学生会换届选举的时候到了，你到时候和会长商量个时间，筹划一下，上报学校。"校长特意加重了最后四个字，听得许思瑶心中一颤一颤的。

本想开口答应，但校长并没有给她时间，只是接着向下说："最近有个比赛啊，好像搞得蛮火的。"

"好像叫什么SUYI音乐节吧……我们音乐社去了几个团啊？"校长起身，看着落地窗外的景色，许思瑶却从玻璃那边看出，校长通过玻璃，在静静注视着自己。

"一个。"许思瑶想了想，还是说了实话。

"那官方怎么和我说，我们学校一个团弃权了还有另外一个啊？"校长语气很平淡，没有生气的迹象，"我们学校，什么时候多了一个音乐社？"

"我……校长对不起……"许思瑶眼睛一闭，决定把事情捅破，"那是高二的学弟私自创立的一个组合，我觉得他们成绩都还不错，而且没有做出格的事，就给他们的申请书签了字。"

校长眉毛一挑，"哦？他们还提交了申请书？"

许思瑶已经额上冒汗了，"是的。"

"那万一他们不守规矩，顶着学校的名义在外面比赛的时候胡作非为怎么办！"

"不会的！"许思瑶虽然有点怕，但是也不能让LEMOM的形象就这么扭曲，略微思考了下，许思瑶还是壮着胆子反驳道："校长你误会了，他们很守规矩的。"

罢了还是不放心，许思瑶又加了句："里面有几个还是考年级前十前三的老手。"

校长果然是看成绩的，听了后心情略微好了些，语气也缓和了点，道："他们比赛成绩倒没怎么丢我们的脸，不过我听说第五对后面的比赛不是很有利啊……"校长眯起眼，等待着许思瑶的回应。

"他们现在都在刻苦练习，他们说过不会放弃希望的。"许思瑶一听就明白校长要问什么。

"你这么帮他们，对你有好处吗？"校长还是不放心，"还是说你早恋？"

许思瑶耳根有点微红，"校长，我们学校需要像这样的正能量。"虽然她本意不是这么华丽，确实是有些想接近关旭，多和关旭扯上点关系的意思。但与LEMON相处多了,想法也变了很多,渐渐地,许思瑶已经被他们散发出的能量所吸引了,期待着他们能够实现梦想。

"好吧。"校长叹气,像是妥协了,"既然这样,你就随便找个理由给他们成立一个单独的社团好了,老是躲在学校的杂货间,也不像话。"校长其实很早就知道LEMON这几个人的存在了,资料也多多少少了解过,本来以为他们就这么窝一起占个地方玩玩,他也睁一只眼闭一只眼,但这次毕竟关乎学校的名声,他还是不太放心。

"诶?校长你怎么会……"许思瑶惊讶。

"哼,你们那些小动作能瞒过我?下次这种事情来找我商量,不要私自决定。"校长最后提点一句。

许思瑶自是点头答应。

"校长校长!"许思瑶刚想走,就看到白小岚首当其冲,五个人跌跌撞撞地闯进来。

许思瑶脑海中只有两个字:完了。

"校长对不起,打扰了!"方云叶和关旭礼貌地鞠躬道歉,叶玄和江奕本来在发呆,见旁边两人弯了腰,也连忙弯下去。

这么一出,倒逗笑了校长。

"咳,你们来干什么?"但校长为了威严,还是严厉地问道。

"校长，是我们让许思瑶签的申请书！你要怪就怪我们吧！不要为难许思瑶。"江奕很义气的样子。

校长饶有兴趣地看着他们。

"校长，请给我们一个机会。"还好其中一个比较礼貌地开口了，挽救了这么失礼的局面。

不错不错，小伙子有礼貌。

校长很满意，不过全没有表现在脸上，"如果我不给呢！"

"就算不给，我们也不会放弃的！"白小岚气呼呼地说，他总感觉这个校长是故意的。

许思瑶在一旁听得很开心，白小岚终于长点脑子了，校长最爱听这种话，多说说，再麻烦的事他都愿意接手。

"好，好，好！"校长果然高兴地拍着手，终于露出了笑容。他看着站成一排的五个人，很是欣慰。

"我们学校可以培养出你们，也是我们的骄傲。"校长拍了拍为首的白小岚，"我看好你们！可不要让我失望！"

"诶？"LEMON所有人都没有反应过来这是怎么回事。

许思瑶在一边笑着解释："校长同意给你们破例，单独成立一个社团，供你们活动用。"

"真的吗！"

"不要我就收回了。"校长故意逗他们。

"要要要！"白小岚激动极了，和大家一起发自内心地说："谢谢校长！"

第六章

星光璀璨

樊华世

似乎一眨眼就迎来了下一个暑假,LEMON这次倒没有那么紧张了,也许是之前专业老师的训练,给他们吃了定心丸。

LEMON到北京时,离全国赛的报道时间还有两天,他们也想借此机会来这个大城市游览一下,开开眼界。

"女仆咖啡厅女仆咖啡厅……"叶玄和白小岚刚下高铁,就急忙打开地图查看。

"别想了,肯德基。"关旭和方云叶一手拎一个,江奕在最前面跟着导航寻找最近的肯德基。

叶玄不满地撅噘嘴,抱怨道:"你怎么对肯德基这么深情。"

"我爸妈不允许我吃垃圾食品。"关旭说出来的时候,脸上满是遗憾之情。

方云叶顿时像发现同类一样,"我也是我也是!"

后边吵着,前面的江奕很快地就找到了肯德基,只不过人满为患,只有两张两人座空着。

"江奕你抢位置,我去点餐!"白小岚连忙挣脱方云叶,冲进去排队。

因为这次校长知道了他们要去比赛,所以特意拨了点款给他们吃住用,钱就不用愁了,五个人难得大爷了一把,点了两个全家桶,每人一杯可乐,还有甜点。

剩余的人抢了两张隔得近的二人桌,焦急地等着白小岚端着盘子回来。

因为只有四个座位,所以有一桌就显得特别拥挤,白小岚和方云叶坐了一桌,叶玄先到一步,也抢了个单人座,而江奕和关旭就很悲哀了,两个人挤着一个凳子,关旭还要时不时忍受江奕由于动作幅度大而随意挥动的拳头。

一顿饭悠闲地吃完了,站在肯德基门口,拖着行李的五个人突然很迷茫。

"宾馆定了吗?"

所有人看向财务管理的方云叶。

"额,看我干什么?"方云叶显然不知道自己要定宾馆这一回事,而五个人也没人想到这层。

全国赛给参赛选手准备的宾馆要在一天后才能用,也就是说他们还要自己定一个晚上的宾馆。

"现在去定还来得及吗?"白小岚弱弱地问。

"我们去附近的宾馆问问看。"关旭把目标锁定在了最近的那家商务宾馆。

五个人匆匆忙忙地赶去那家宾馆，结果因为暑假人特别多，又在高铁站边，根本没有两个空余的房间。之后他们又去很多宾馆问了问，结果都一样。

"只剩下一个标准间了。"柜台小姐微笑地看着白小岚。

"一个晚上……额……"白小岚终于忍不住了，想着先定一个房间保险一点，便一咬牙，"算了，标准间。"

五个人先不考虑睡觉的问题，他们只要先找个地方把行李给放了就行。至于晚上，大不了去旁边最近的宾馆再定一个单间。

放完行李，大家便开始商量接下来要去哪里。

"去打电玩吧？"叶玄和白小岚这种时候总是站在同一条战线。

方云叶和关旭却想去这边的大型新华书店转一圈。

四个人争执不休，最后通通看向江奕。

"我觉得吧，我们可以去比赛场地看看。"江奕紧张地咽了口口水，他有点承受不住这四个人的目光。

"也好。"白小岚他们妥协了，反正谁也没得逞，而且比赛场地也确实需要他们去提前观摩。

五个人便打了车，一同去了比赛场地。

"你们是比赛的选手吗？"路上，司机听了地名，好奇地问道。

"是啊,我们是浙江的。"白小岚坐在副驾驶座,与司机攀谈了起来。

"诶呦,我女儿特别喜欢这个比赛,她说比个赛跟开演唱会一样。"司机好像特别了解,"听她说啊,这次比赛在哪个地方来了一个很厉害的组合,叫什么樊华世组合。"

"樊华世?"白小岚倒没听说过,但是这肯定是对手,多了解些没错的。关旭和江奕倒觉得这名字蛮熟悉的。

"对啊,听女儿说,他们差点就要签约经纪公司了,名气可大了。"

"是,是吗?"白小岚呵呵地笑着,笑容渐渐凝固,那不得多专业。

路上不堵车,很快就到了市中心的比赛场地,他们下了车,就被眼前的建筑给震撼到了。

不愧是……全国赛的比赛场地。

外观这么庞大,别说里面了,肯定是一个大舞台,一个LEMON从未登上过的大舞台。

"要是能在这里唱歌!"白小岚接近癫狂,"简直太厉害了!"

"我们三天后就会站上这里。"方云叶提醒他。

"我们也太牛了!"江奕也不禁感叹,他以为这种比赛最多弄一个广场来比。

叶玄看他们就像没见过世面似的,便道:"这比赛每年参加人数都很多,排场也很大,要是挤进全国前五,还会有电视台专访。"

"那么厉害!"白小岚幻想着他们站在舞台上,对着台下几万人的观众席唱歌,分享自己一路的经历。

"我们能进前十就已经很荣幸了。"方云叶来之前还是做过功课的,和ASW实力相当的团队还是很多的。

"也对,来这里的都不容小觑。"江奕说着,突然感觉身边少了什么。

"所以我们也不容小觑啊!"叶玄十分信任自己的团队。

但眼下,江奕只关心一个问题,那就是——

"你们看到关旭了吗?"

大家这才发现身后少了个人。

"他不会被拐了吧?"白小岚没脑地来了一句。

江奕倒不担心关旭会出事,而且关旭那脑子像是会被一根棒棒糖骗走的人吗?只是关旭离开居然不和他说一声,让他很扎心。

"他是不是在那边。"方云叶指了指远处和一群人说话的男生,仔细看确实很像。

白小岚他们好奇地过去一看,哟,真是关旭。

"来成宇?"江奕跟上来后,看到和关旭说话的人,也不免惊讶。

这不是他们俩的小学同学吗？虽然时隔多年，但样子还是认得出来的。来成宇成绩不错，小学时天天跟关旭争班级第一、单科第一，到后来连谁长得高也要好好争论一番，江奕很多次被他们邀请作为比赛的裁决者。

现在想想，还真是怀念啊。

"你认识吗？"白小岚看看江奕和关旭，隐约猜到是他们以前的同学。

"哟！小江。"来成宇看见江奕，也很高兴，"你们在北京吗？真好啊，考高中也考同一个地方。"

"没有，我们还在老家那边，这次来比赛。"关旭解释道。

"比赛？"来成宇皱起眉，"你们不会也来参加SUYI吧？"

LEMON所有人都点了点头。

"兄弟，又要比了！"来成宇哭笑不得，"从小比到大，分开后居然还要比一次。"

"哈哈，你们组合是什么？"关旭随口一问。

来成宇提到他们组合，有点小骄傲，"樊华世。"

这令LEMON震惊了，刚刚还提到他们，现在就看到本尊了。

关旭和江奕这才恍然大悟了，"这不是我们三个小时候想那个名字？"

来成宇毫不隐瞒地点点头。

"说起来，要是你和我一起去S中，我一定会把你拉进我们组合的。"来成宇有些惋惜，关旭虽然是他的死对头，但同时也是一个一起进步的挚友，而且两人梦想相同，如此缘分，却因为来成宇父亲工作调动给中断了。

白小岚在一旁听得急了，怎么感觉这来成宇有种来挖人的意思？叶玄更是直接说了出来："你休想把关旭挖走。"

来成宇听了倒笑了出来，戏谑地看了关旭一眼，"你的队友真可爱。"

为防止叶玄发飙失控，关旭和江奕连忙和老同学告别，找了个理由走了。

"下次有空来吃饭哦！"来成宇笑眯眯地看着他们。

"再也不见！"叶玄恨透这个来成宇了，把他当小孩子逗呢？

夜幕

北京的夜幕降临，LEMON也回到了宾馆，经过商讨，决定把人分成两队，白小岚和方云叶在这里住下，关旭、江奕和叶玄去附近的那宾馆住下。

关旭他们定好一个晚上的宾馆,又叫酒店加了张床,然后开始进行激烈的战争。

"黑白配!"三个幼稚鬼开始三局两胜制决定谁睡小床。

于是叶玄被赶到了硬邦邦的小床上睡觉。

晚上的上海应该很迷人吧!在酒店的落地窗前站着,关旭突然想到了个问题。

"小玄,你要考上海音乐学院吗?"关旭问道。

"为什么要考上海的啊?我想考这里的。"叶玄刚刚被赶下大床心情郁闷,语气不是很和善。

"你想考音乐学院?"江奕懵了,"你不是目标定在北大吗?"

"我以为他要考嘛!"关旭笑笑,"要不我们晚上去游街吧。"

"不去!"叶玄很宅,拿着手机就不肯放,关旭劝了几次都没反应,最后只有江奕和关旭出去溜达。

叶玄在落地窗前看着关旭和江奕两人出去,犹豫了许久,还是迅速抓起外套冲了下去。

"怎么来了?"关旭明知故问。

"哈哈,一个人害怕了?"江奕趁机损叶玄。

叶玄明知理亏,不再和他们斗嘴,把头扭向一边。

"好不容易来一次,不去北大留个影?"江奕知道关旭很早就想亲眼看一眼梦中的大学。

"留影就算了,等高考后,我和大学同学在教室里合影就可以了。"关旭十分自信。

叶玄忍不住道:"考砸了呢?"

"……"关旭打了下叶玄的后背,"就知道诅咒我。"

"打车吗?"江奕看向两人,他们身边有一辆出租车正停在原地,似乎在等他们上车。

三人毫不犹豫地开门上车。

"中央音乐学院,谢谢。"叶玄抢先发话,他以前只是听说过这个学校的厉害,还真期待能亲眼见上它一面。

叶玄站在学校前面,突然害怕了起来,"这,很难考吧?"

"废——"江奕最快地想说废话,但关旭一个眼刀飞过去,江奕就乖乖换了句话,"废物才考不进……"刚说完,江奕就心虚地朝关旭那边看去,就看关旭摆了个手势。

哦,江奕秒懂。

毕竟竹马不是白当的。

"有点难考……但你一定没问题的,加油吧。"江奕说完,就看到叶玄疑惑地看着自己。

"你有病吧?说一句话绕三个弯?"叶玄冷笑,江奕无辜地看着他,手在背后愤怒地给关旭比了个叉。

关旭笑笑没说话。

"这里能进去吗?"叶玄凑过去瞄了眼,不敢进去。

"怕什么,当然可以的。"关旭说完,就先大跨步走了过去,江奕叶玄紧随其后。

叶玄走在里面,内心不禁想着,要是自己真的能考上就好了,而且如果考进这么厉害的学校,父亲也会更以自己为骄傲的吧。

"对了,江奕你要考什么学校?"叶玄随口问道。

"他想考警校嘞。"关旭抢话,"他小时候有一次追着一个交警跑,最后一定要站在交警旁边学他指挥。可好玩了。"

叶玄听了有点失望,"那高考完后,真的散了。"

"不要担心嘛!"江奕见气氛越来越沉重,连忙开口,"要是我考上人民公安大学,不也在北京吗,要是你们都考上梦想的大学,我们仨起码还是在一个城市的吧!"

"也是,学校离得不算太远。"关旭虽这么说着,但也不免伤感起来,就算在一个市,平时也不会有太多时间和理由像这样聚在一起了吧。大家都会有自己新的生活。

LEMON这五个人有种特殊的默契,这边在讨论的话题,竟也是白小岚和方云叶正在讨论的话题。

"我说,你真的要出国?"白小岚一直以为要出国的是关旭,没想到想去外面留学的是方云叶。

方云叶点头,没有犹豫,他一直想去国外学习。

"啊!那你什么时候走?"白小岚不再说"你不要走"这种幼稚的话了。

方云叶喝了口水,道:"高考完,如果考上了,就去。"

"你一定没问题的吧。"白小岚叹了口气,也许只有他没想好要去哪里了,好失败。

"你呢?"

"没想好啦!"白小岚把脸埋在枕头里。

白小岚见方云叶有些鄙视地看着自己,连忙补充道:"我就想唱歌,没什么别的愿望了。"

方云叶恍然大悟:"你要去当明星?"

"不想在演艺圈工作啊!"白小岚不是没想过,但感觉太可怕了。

"现在直播也很流行,你可以试试。"方云叶开玩笑道,没想到白小岚居然很认真地考虑了。

"也对,我长得那么帅,哈哈哈。"

比赛前夕

第二天晚上，LEMON就住进了官方提供的宾馆。

"哟，关旭、江奕。"来成宇笑着打招呼。

原来樊华世就住在他们旁边那几间。

关旭刚想开口问好，却被酒店一楼的歌声所吸引。

一楼有一个组合正在练习歌曲，因为酒店房间是呈圈状围绕大堂分布的，层层递进，所以中间是空着的。她们的声音很容易就传遍了每个角落，许多人都好奇地向下探去。

"哟，是她们啊。"

"好厉害……"关旭感叹道。

"上一届的亚军，据说这次冲着冠军来的。"来成宇似乎很了解，"这些女孩子还真有毅力，这么久了还不放弃冠军。"

"因为官方不限制年龄啊！"江奕插嘴。

"No，我说的不是这个，我说的是她们居然放弃了各自理想的大学，整天宅在一起练唱歌，只有高中文凭哦。"来成宇轻笑，"太执着也未必是件好事。"

"为什么要这样,一边读书一边训练也未尝不可。"江奕不解。

"哈哈,上了大学还在一起?概率太小了,你们若想永远缠一起,倒不如学学她们。"来成宇不是很欣赏她们,"为了这个组合,放弃了原本美好的未来,一些还是被逼的,我记得里面有几个女孩,成绩可好了,但她们现在一无所有,整天啃老。"

"你怎么这么清楚?"关旭惊讶。

"喏,最高的那个,我表姐。"

见没人说话,来成宇便继续讲:"舅舅都快被她气死了,除了唱歌跳舞什么也不会,真是蠢啊,让她去打工,还怕降低了身份,要是她们真的喜欢这个组合,喜欢里面每一个人,就不应该束缚里面每一个人的未来。"

"有这么严重吗?"江奕听懵了。

"所以,想成为王者,必须学会放弃。"

说完这句,来成宇就被队友叫去排练了。

楼下的女生们也都散去,没什么热闹可看了,关旭、江奕干脆就去找白小岚。

"我们去酒店后面的空地上练习吧。"白小岚提议,自然是全票通过,大家激动地赶过去时,那边已经有人在了。

不巧,正是樊华世。

来成宇站在最前方，看到LEMON来的时候，没有任何反应，陶醉在自己的音乐之中。

第一次看见感染力这般强大的表演，让LEMON倒吸一口凉气，他们全身散发着自信的力量，配合歌词与有力的动作，完美地将他们想表达的一切传递给观众。

看着他们的表演，LEMON居然有种被鼓舞的感觉。

"怎么样！"唱完，来成宇走过来，询问道。

"真的很棒。"LEMON只能这么夸奖。

"不如你们也来一次？"樊华世的队员起哄，分明就是想探一探LEMON的实力。

"来吗？"来成宇看着他们，LEMON也只能上场了。

来吧！

他们站好队形，白小岚的手背在身后，比着：三、二、一，握拳。

拳头一出，便开始了表演。

这是LEMON在经过专业培训后，第一次表演在有观众的情况下完整地呈现。

说不紧张是假的，但自信与紧张，是成正比的，他们有信心，自己会做得更好。

原本嘻嘻哈哈的樊华世，在看到他们表演的那一刻，也着实被震惊到了。他们查过LEMON的资料，只是一个小小的省赛第五名而已,没有任何优势,很多组合在得了第四名第五名后就直接弃权,毕竟这个成绩在国赛太吃亏了,而LEMON居然选择了继续,光是这点就不容小觑。可如今,这实力……进步太快了吧。

樊华世不禁严肃了起来。

LEMON自己倒没有察觉,他们只是知道自己进步了,对自己进步的幅度没有准确的认识。

"你们,真的是省赛的第五名吗?"来成宇察觉到一丝危险。

"诶?太差了吗……哈哈……"白小岚有些尴尬。

来成宇摇了摇头,"不,很好。你们进步真的,很快。"

"估计我们觉得第五名太弱了吧,在全国赛根本不值一提,所以一直都在努力。"白小岚也不隐瞒,把自己的想法大胆地说了出来。

来成宇没有和LEMON继续闲聊下去,只是真诚地鼓励道:"你们很棒,请继续加油吧,这里让给你们了。"说完,他就领着一帮人走了。

"他们人都好好,不像小说里写的那么恶毒诶。"白小岚很感动,这一路,对手都在互相激励,丝毫没有小说中明争暗斗的可怕局面。

方云叶可不觉得人人都那么大度,说道:"那是我们运气好。"

"所以要接着练习吗？"

"来吧！三，二，一，GO！"

"江奕，你的动作还要再打开一点！"仿佛一阵阴风刮来，听到声音后，吓得江奕点手忙脚乱，差点摔倒在地。

"俞老师！小年老师！"

LEMON 都很惊讶，这时，又传来一个再熟悉不过的声音："老师你们去哪里了啊！"是许思瑶。

"真是令人心动的歌声呢，但强弱对比稍微欠缺了点。"小年老师的声音依旧如同暖阳般柔和。

有时候 LEMON 不禁觉得，这两人在一起说不定会很配。

"我们来验收成果。"俞夏依旧面瘫，"如果现场没有发挥到最好的话，我找你们算账。"

"是！"一时间，LEMON 都热血沸腾。

比赛

有了老师的到来，LEMON 的信心更是成倍增长。

比赛时间匆匆到来了，在这个容纳了一万名多观众的会场，是每个参赛者实现梦想的地方。

台上有人成功有人失败，却都留下了一片璀璨的星光。

LEMON这次抽到了第二十三号，所以还要等不少时间，这些空闲的时间里，许思瑶一直都在努力让他们放松。许思瑶之所以能来，是因为她刚刚考完高考，现在处于等成绩与放松的时期。

"谢谢你，思瑶。"关旭他们笑了笑，但依旧很紧张。

"你们不要紧张嘛！把台下的人想象成自己的粉丝试试！"许思瑶耐心开导，"我们不管其他组合，只要做好自己就行！"

"做最棒的自己！"白小岚被许思瑶鼓动了，"加油吧兄弟们！这是我们最后……我们最盛大的一场表演！加油给观众展现最好的自己！"

"我们是——"

"LEMON！"全部人笑着起立，喊出那个光芒万丈的名字。

会场里，樊华世已经开始表演了，说巧也蛮巧，他们是二十二号，正好让LEMON看到了他们的演出。

"真棒啊。"白小岚感叹。

"我们肯定更棒！"叶玄哼哼着，这句话是对其他人说的，也是对自己说的。

"下面有请今天第二十三组选手。"主持人开始报幕。

"我们是！"

"最棒的！LEMON！"

尾音拖长，淹没在台下一片欢呼声中。

仿佛是梦。

灯光洒落在他们肩上，被他们衣服上的装饰反射到场内各个地方。他们的光芒，在会场内每一个角落游走，在每一个人的心中永留不散。

台下欢呼不断，就像是洪水猛兽一样，几乎要淹没了他们彼此的声音。台下观众挥舞着双臂，对着台上五个少年，大声地呼喊出他们的名字。

合唱时，他们对视，一秒，在他们每个心中成为永恒。多年后，他们会依旧清晰地记得，那年，那月，那天，那时，那刻，那一秒，一起努力的伙伴，是多么闪耀，他们的全身上下，散发着青春的光芒。

伴奏止，欢呼声却从未断过，五个人气喘吁吁地停留在原地，呆愣地看着前方。在帷幕闭上的那刻，他们哭了，嘴角却向上弯着，说不清的情绪占据了他们的心。

风平浪静

　　比赛完,他们互相没有多说什么。他们终于实现了梦想,可在实现的那一刻,以前曾经准备的一系列慷慨的话语都不复存在,一时间,无言。

　　白小岚在他们走出会场的那一刻,看了下手表,勉强撑着笑,宣布:"LEMON,七月十五日,在此解散。"

　　大家都勉强笑着,拥抱在了一起,没有人哭出来,只是沉默着,不愿松开彼此。

　　回到学校,就是高三了,他们更加忙了,一个学期过去,几乎都没有时间走进他们那个梦开始的地方。

　　只不过他们还是经常在一起学习,互帮互助,成绩也在整体上升。就连关旭、叶玄的长跑速度也被江奕带得愈来愈快,至少没有以前这么差了。

　　所有人都在进步。

　　在实现了梦想后,他们觉得好像一切都变得简单了,似乎已经没有什么是他们做不成的事情了。

　　比赛结果在高考完后,发到了白小岚的手机上,上面写着:很抱歉,LEMON组合以全国第十二名的成绩被淘汰出赛。

真是，差一点。

是不是再努力一点就可以……

白小岚自责过，但时间久了，他就放下了，他明白，LEMON所有人也都明白，他们已经无憾了，毕竟他们拼尽了全力，努力过了，一起拼搏的日子，才是他们最宝贵的日子，而登上舞台的那刻，他们已经夺得了冠军，成了自己最棒的冠军。

关旭考上了心仪的学校，而且是高考状元，江奕也同样收到了录取通知书，白小岚考了二本的学校，平平淡淡，但叶玄因为落榜，准备复读一年，继续考中央音乐学院。

而方云叶，在此刻，站在了飞机场门口。

行程很急，急到方云叶还没来得及与伙伴们道别，或者是他内心根本不愿意面对他们，他怕自己会哭。

可就在他要进去的那一刻，他听到了白小岚的声音。

"叶子，等等，叶子！"

都来了，昔日LEMOM的成员们。

"你们怎么知道……"

方云叶还没来得及说完，就被白小岚拉进一个圈，他们围在一起，手搭着旁边的人的肩膀，发自内心，说道：

"我爱你们。"

大家，记得回来。

番外

重聚

　　叶玄复读了一年终于考上了大学,毕业后,当了音乐老师,他选择回到高中母校,来带领这么一群渴望成功却经常不如意的孩子们。

　　再想想,LEMON这群人,自从高中毕业后就再也没有聚在一起过。真的和梦一样。

　　"叶老师,你可以听听我唱歌吗?"一个高一的男生拉住了叶玄。

　　叶玄很喜欢这个孩子,他叫齐悦,对音乐十分热爱,和那些拿音乐课如儿戏的学生不同,他总是缠着叶玄听他唱歌,叶玄也见证了他的进步。

　　"当然。"叶玄停下手中的工作,坐在钢琴前,静静地看着他。

　　齐悦闭上眼,深吸一口气,开始唱了起来。

　　"恭喜你,又进步了。"叶玄欣慰地摸了摸齐悦的头,"不过有些音还是不太准确哦。"

　　"我会改进的,叶老师你就期待吧!"齐悦被夸奖后,有点小得意。

叶玄恍惚，这样的表情，仿佛就像当初自己被伙伴们夸作曲好时，抑制不住的那种得意之情。现在他不靠作曲为生，但他经常会写点曲子，期待着有一天，谁可以将它们唱出来。

"老师？老师？"齐悦疑惑地看着叶玄突然发呆的样子，"老师生病了吗？"

"好了，我好着呢，你快回去上课吧。"叶玄失笑，连忙赶人。

叶玄见齐悦走了，就开始整理刚刚被熊孩子捣乱过的音乐教室，还没开始打扫，就听见外面一声尖叫。

齐悦！

叶玄下意识认为是齐悦出事了，连忙出去查看情况，发现是齐悦和另一名男生撞到了一起。

"你干什么！"被撞到的男生微怒，"道歉！"

"又，又不是我的错，是你走得太急关我什么事！"齐悦不屑地看着那个男生，想走。

结果那个男生把齐悦一把拽到面前，似乎不想就此了事。

"你们干什么。"叶玄走过去，拉开两人。

本只是随意一瞥那个很凶的男生，结果这一看就愣了。

关旭？

叶玄吃惊地看着这个和关旭长得十分相似的男生。

"干什么？"那个男生似乎不怕叶玄，见叶玄盯着他，还有些不爽。

"你不准对叶老师不敬！"齐悦一把挡住叶玄。

叶玄推开齐悦，问道："你叫什么名字？"

"你要告诉我们班主任吗？"男生眉毛一挑，双手插在裤兜里，很酷的样子。

叶玄想了想，还是摇了摇头，男生的态度这才缓和了下来。

"我叫关牧。"

"小，小牧？"叶玄惊讶得捂住嘴巴，"关旭的弟弟吗？"

"你怎么认识我哥？"男生提到关旭，就开始滔滔不绝起来，"我哥可厉害了，以前他还和同学成立了一个组合，叫什么我忘了，反正他们还站到一个几万人的舞台去唱过歌！"

叶玄不禁笑了，这孩子，这么多年还是没变。

"我是叶玄，记得吗？以前到你们家去过。"叶玄指了指自己。

关牧愣住了，过了好半天才反应过来，也震惊了。

"你不会是哥哥的那个朋友！"关牧兴奋地扯住叶玄的袖子，"就是那个离家出走被我哥捡到的那个！"

叶玄面部抽搐了一下，这是什么形容。

"老师，我还在呢！"齐悦不满地提醒，怎么这两人好像很熟的样子。

"是是是，我知道。"叶玄敷衍地回应，他现在更关心关牧，"你哥哥回来了吗？"

"我哥？他毕业后一直在这里工作啊？"关牧不解，"没和你联系吗？不过最近他忙着考博士，应该没空理你们这些凡人。"

"你小子！小时候那些丑事小心我公布出来！"叶玄恶狠狠地威胁。

关牧识趣地闭了嘴。

"好了，你们刚刚怎么回事？"叶玄终于摆出了副老师的样子，质问两人。

齐悦和关牧指了指对方，"他的错！"

"算了，互相道歉！"

"……"唉，两个熊孩子。

最后他们俩为了回去，敷衍了几句，叶玄也就放他们走了。

没想到这关牧越来越嚣张了，和小时候的可爱真的没法比。

几天后，音乐教室的乐器被人摔破了，还是挺贵的一个乐器,结果查出来是关牧。

"我说你这小子!你哥当年好歹是个三好学生,你怎么不仅不考年级第一,还尽学干坏事!"叶玄把关牧叫到自己办公室,"我要叫家长!"

"你小孩子啊!反正我无所谓。"关牧无所谓的样子,叶玄被惹恼了,拿出手机翻着通讯录。

"等等,你找我哥?"这小子好像很怕关旭,一看叶玄的架势,就有点担心地问。

"我又没你爸妈的电话,而且平时你哥管你最多,我不找他教育你找谁!"叶玄毫不管关牧震惊的表情,翻到了一个很久没有打过的电话,拨了出去。

"喂?"

"大花。"叶玄叫了一个只有他们几个知道的外号。

"小玄?"对方似乎也有点惊讶,"你还真没忘了我。"

"呵呵,本来很快就忘了。"叶玄故意逗逗他,说着还不忘看着旁边已经耷拉下身子的关牧,"但是你可爱的宝贝弟弟闯祸了,希望你能赶过来谈个话。"

"小牧很乖的啊?"关旭不相信。

"滚!一点也不乖!"叶玄暴怒,"这乐器我花了不少钱!他小子给我全摔了。"

关牧已经缩成一团了。

"这样啊……我今天没什么事,我现在来吧。"

于是在半个小时后,关旭赶到了叶玄办公室。

"哥……"关牧装委屈。

结果关旭跟没看见他一样,看到叶玄就兴奋地冲上去,两人好久不见了,抱在一起,眼角都带泪。

"你怎么回到这里来了?"

"我喜欢这所学校,就回来了。"叶玄的理由很简单。

"老哥!"关牧对于关旭忽略他的行为很不满。

关旭这才想起自己来的目的,弹了一下关牧的额头,说道:"你怎么惹事了?"

"他他他!"叶玄一看是关旭就没那么多老师架子了,"他摔我乐器!"

"多少钱?"关旭头疼。

"哼,我大人有大量不要求你赔钱。"

"真的?"关旭以为自己听错了。

"假的!"叶玄一个白眼飞过去,"你回去好好管教一下这家伙!一点也不可爱!"

"知道了知道了。"关旭一边说着,还一边顺着在一旁被自家哥哥冷落的关牧的毛发。

"对了,难得来一次,去那里看看吧。"叶玄提议,关旭一下子就明白了,他还巴不得呢,哪儿能犹豫,立马应了下来。

而犯错的关牧就被扔回了班级。

学校重新整修过后,还是保留了那个老旧的仓库,只不过那上面多了把锁。叶玄就是那个有钥匙的人。那年校长给了他们专门的排练厅,可没用多久,就觉得不习惯,又申请换了回来。他取出钥匙,转了一圈,推开了铁门。

"嘎吱——"熟悉的声音,以前是他们每天都会听到的,可现在已经……

光是想着这个,就又有点伤感。

里面的盒盒箱箱还依旧是那样,积满灰尘的地上,还有一张遗漏的曲谱,上面是他们的第一首歌。

叶玄也是第一次开这扇门,见到谱子,还有些惊讶。

他拿起谱子,哼着以前青涩的旋律,谱子上面还有大家一起圈圈画画的痕迹。

"唔……"叶玄捂住脸,回忆涌来,带着当年没来得及流下的眼泪。他蹲在地上,手里紧紧抓着那张曲谱。

关旭吸了吸鼻子,忍住泪水,蹲下来,轻轻拍着叶玄的背,安慰他道:"别哭了啊,大家都舍不得。"

"可是就是不想分开啊!"叶玄像个孩子一样,抬起头。

"我们五个一直都没有分开,只不过联系少了而已。"关旭指了指自己的心,"我们五个,联系在这里。"

叶玄这才收敛了些泪水,但还是郁郁寡欢。

"江奕呢?"

"他当上警察了,他我倒是天天见。"

"白小岚呢?"

关旭就不知道了。

方云叶不用问,自从他出国后,就没人见过他。

"今天是七月十五号。"叶玄拍掉一个盒子上的灰尘,像以前一般跷着二郎腿坐下,"是我们解散的日子。"

"希望也是再聚的时刻。"关旭也坐下来,轻轻许愿。

这时,关旭的手机突然响了起来。

"喂?"是江奕的电话。

"我处理了个追尾的事,刚刚。"江奕似乎很急的样子,"你知道是谁吗?"

"谁啊?"关旭可猜不出来。

"白小岚!"

"什么!"关旭和叶玄都听到了,两人一同惊讶地喊了出来。

"咦,还有谁?"

"你猜啊。"关旭也打算兜个圈子。

"去去去,快说啊!"

"叶玄哦。"

四人很快就重聚了。

四人见面时,都为对方模样变得成熟而感慨连篇。

"白小岚白小岚,你怎么被抓了?"叶玄很好奇。

"我嘛……"白小岚不好意思地摸了摸鼻子,"太疲劳了没看清路,闯了红灯,和别人碰了。"

"这么危险,最近睡眠怎么样?"关旭当了医生后就更加老妈子了。

"最近加班太多,好几次都是凌晨回去的,没怎么睡。"白小岚现在在一家公司当白领,最近为了升职,特别努力地表现自己。结果一个没注意,就摊上事了。

"方云叶回国了吗?"江奕问道。

"我都没有他消息。"白小岚有些生气,"QQ、微信也都原封不动!发个消息都不回!"

"也许忙吧。"关旭很乐观地说,"你看,我们几个还是蛮有缘分的,这不又聚在一起了。"

"我想回到以前,一起挤在麦当劳的时候。"江奕叹气,看向窗外,现在有钱了,麦当劳也不常去,这都换成咖啡馆了。

白小岚这时候接起了一个电话。

"小白小白!"方云叶焦急的声音响起,"你有车吗!"

"呃,刚刚上交。"白小岚还没来得及问方云叶是不是回来了，就听方云叶又说："那怎么办……"

"我有车。"关旭晃了晃车钥匙，他是开车来的。

"关旭？"方云叶小小地惊讶了一下，在电话那头继续道，"你们来接我一下可以吗？我忘了通知家人，结果他们都不在家里。"

"好。"

四个人激动地开车到机场门口，看到一个人拖着那个熟悉的行李箱，东张西望的。

"嘿！叶子！"

方云叶对这个称呼一直很敏感，回头一眼就认出了他们。

"大家……都在。"方云叶眼眶微红。最终还是自己来晚了。

"我们想死你了！"白小岚最先扑过去。

方云叶也很开心，相比学生时代开朗了不少，但话还是不多。

"你们有谁可以收留我一会儿吗？"方云叶不好意思地说着，"父母搬家了，他们俩在旅游，我还要不到钥匙。"

关旭和江奕举手。

"我们俩一起租房子来着，还空，可以来借住。"

方云叶放完行李，几个人才安安静静地坐下来，讨论接下来怎么庆祝。

"要不去以前的图书馆再看看吧。"方云叶怀念着以前那个他经常去的图书馆。

之后,他们五个人走过了以前每个值得怀念的地方。

有些还没变,有些已经人是物非了。

"但我们的心没变就好。"白小岚看着新建高楼大厦,对伙伴们说道。

竹马趣事

1

今天是小熊幼儿园开学的第一天,家长们都把刚刚长大的孩子们送到了这里。早上,园里到处都是哭闹的声音。

其中最淡定的是一个白白净净的男孩子,他茫然地被妈妈推进教室,一动不动,似乎还没搞明白发生了什么。他手上还抱着一本很厚的绘本,书里有很认真的标记。幼儿园老师见了,喜欢得紧,从众多小孩子中,最先对他说道:"你叫什么名字呀?"

男孩愣愣的,过了一会儿才反应过来老师在和他说话,他有些紧张地抱着书，小声道："关旭。"

"小旭真乖，去那边挑一个位置坐下吧。"老师笑着摸了摸他的头，看到关旭很听话地走过去坐下后，更是喜笑颜开。

结果笑容在下一秒就僵住了。

"啊哈！本猴王来也！"一个和关旭的安静正好形成鲜明对比的男孩，不知从哪儿偷来了扫把，举着比他高一人的扫把满教室跑。

"不许拿扫把哦！"老师勉强忍住怒火，一边笑着逼近，一边抽走男孩手中的扫把。

"这不是扫把！"男孩很认真地对老师说，"这是我的武器。"

"去坐好，你的武器老师保管了。"老师不再理他，转身把扫把藏到角落，用各种玩具压好。

男孩气呼呼地走到座位边，环视了一圈，发现都是哭闹流鼻涕的小孩子，很是失望，结果就在他坐下时，他发现身边坐了个不哭不闹不流鼻涕的小大人。

"喂，你叫什么名字呀？"江奕对他来了兴趣，上前搭话。

关旭没理他，一本正经地读着绘本上零星的几个字，"小老虎……"然后就不会读了。

江奕生气地抽走关旭手中的书，教育道："你妈妈没和你说,别人和你说话的时候要停下手上的事吗!"

关旭仔细地回忆了一下,摇了摇头。

"切,这都是什么呀,有什么好看的嘛!"江奕胡乱一翻,最后什么也不懂,把书还给了关旭。

没想到,关旭幽幽地传来一句:"你妈妈没和你说,读书长智慧吗?"

江奕更是不想理他了,什么嘛!仗着有点文化就来欺负人!

"好了小朋友们!我是你们的老师,小李老师!"老师见同学都到齐了,就开始准备上第一堂课。

"来,说小李老师好!"

"小李老师好!"

幼儿园的第一天就这样在欢闹中过去了。

"大家知道这是几吗?"

"三!"大家都很自信地说。

"那这是几?"黑板上,老师又写下一个数字。

"二!"这次只有少量人大声回答。江奕可听得很清楚,关旭是最大声的那个。

"那么这两个加起来等于多少呢?"老师觉得这些小朋友肯定不会,笑眯眯地等着他们求自己。

没想到关旭连犹豫都没犹豫,大声道:"五!"

说罢，教室里一片寂静。

关旭疑惑地看着老师，难道不对吗？

老师不甘心地又考了一个：一加三等于几？

"哼哼，这下你算不出来了吧！"老师暗暗想着。

关旭愣了一会儿，小声说："是四……"

江奕在一边掰了半天的手指头都没掰出来。

"那，那九加二呢？"这都答出来我就不信了！

这次关旭在心里算了一下，不确定道："十……"

"是十一啦……"老师微笑着，挥了挥手示意关旭可以坐下了。

江奕暗暗佩服，趁老师不注意的时候，戳了戳关旭的手臂，问道："你好厉害哦，怎么算的呀？"

"你是怎么算的呀？"关旭偏过头，反问。

江奕伸出手指。

关旭笑了，从此江奕决定，和关旭势不两立。

这势不两立体现在中午。

关旭乖乖地排队打饭，江奕很霸道地插在关旭前面，关旭不在意，只是往后退了一步。

排队中，江奕偶然听到关旭和别的小朋友的对话。

"关关，听阿姨说今天有鸡腿哦！"小女生很得意地分享情报。

"真的吗？"关旭那呆愣的脸露出了灿烂的笑，"我最喜欢鸡腿了！"

于是江奕在打饭时，把剩下的几个鸡腿全夹进了盘子里，阿姨见鸡腿没有了，又回去拿，可后面有几个小可怜就等不到了。

哼，叫你上课给我嘚瑟。

仇算是报了，但江奕吃不完，而老师说吃不完就没有玩耍的时间，江奕只能看着眼前的小伙伴一个个吃完去玩雪花片了，就自己还在与鸡腿奋斗。

一旁的关旭等江奕旁边的小朋友走了，就兴奋地坐过来，可怜巴巴地对江奕道："你可以分我一个鸡腿吗？"

江奕很倔强地护住盘子，不给关旭。

关旭嚓嚓嘴，遗憾地准备起身走人。

"等等！我都给你！"江奕拉住关旭的衣服，苦着脸道。他实在吃不下了！

关旭美滋滋地回来，把所有鸡腿都夹到盘子里，不忘给刚刚身后也想吃鸡腿但没吃着的小女孩带去一个。

"呀，小旭好乖，这么小就会照顾人了。"老师开心地摸了摸关旭的头，给他额头上贴了一个大红花。关旭有些心虚，他当时对小女孩说，每给她一个鸡腿要给自己额头上贴一朵大红花……

关旭得意地回到江奕旁边，开心地指着整个额头的贴纸："看！我有好多大红花喔！"

江奕不满道："那很了不起吗！"

关旭一个人傻乐着，根本没空理江奕。

幼儿园大班的时候，老师组织了一次体育活动，这是江奕最骄傲的时候。一条十几米的小跑道，江奕每次都能刷新跑的速度，也只有在这时候，江奕才能得到一个大红花。

"你怎么不跑啊？"江奕疑惑地看着站在起点发呆的关旭。

关旭紧张地捏着衣摆，不敢迈步子。

"小旭可以开始跑了哦！"老师以为他在等自己发令，就提醒了声。

关旭眼睛一闭，直直向前跑去，结果还没开始跑，就因为手脚不协调，直直地面摔在地。

江奕被吓到了。

老实说他很想笑，而且周围的小朋友也都笑了，还很大声，但关旭好像真的很疼的样子。

老师刚刚转了个身，没注意发生了什么，疑惑地上前察看情况。

老师把疼得出泪的关旭翻过身，发现他额头上有一个大红包。

"来来来，江奕帮老师把小旭送到医生姐姐那里好不好？"老师恳求，因为这么多小朋友在这里她实在走不开。

"哦。"江奕说完，没动，站在原地等老师的动作。

老师疑惑。

"老师，我要大红花。"

老师哭笑不得地给江奕额头另一边贴了一个。

江奕领着迷迷糊糊的关旭去医生姐姐那里，可路上，江奕看着关旭额头上密密麻麻的大红花，心情郁闷。

自己才两个哎！

于是江奕偷偷地把关旭额头上的大红花一朵朵撕下来，贴到自己额头上。

"诶？"关旭察觉到了，摸了摸额头，少了好多大红花！

于是到医生姐姐那里后，关旭还在不停地哭，怎么劝都没有用。

至于原因，只有满额头都是大红花的江奕知道。

放学的时候，关旭把江奕拉到一边，恳求道："把大红花还给我好不好？"

"为，为什么啊，我本来就有，有功！"江奕眼神飘忽不定。

关旭小心翼翼地往门口一瞥，好像看到了自己妈妈，更急了："还给我嘛！还给我嘛！我妈妈看到我大红花这么少会骂我的!"说着就要踮脚从江奕额头上扯下自己的大红花。

"行行行,你别哭!"否则老师就要没收我的大红花了。

江奕怕了他了,只能默默地看着自己额头上的大红花一朵朵地被撕下来。

关旭高兴了,说道:"你是好人!"然后就蹦蹦跳跳地走了。

江奕有些遗憾地摸了摸自己的额头,突然发觉不对,大喊一声:"关旭!大花!我的两朵还给我哇!"

关旭已经走远了,任他怎么喊都没用了。

2

"江奕,老师说不能去假山那边。"刚升初中的关旭虽然有点叛逆,但骨子里还是个对老师的话十分上心的好孩子,见到江奕要去翻假山,自然是拦住了他。

江奕不以为然,不屑道:"怕什么!不就几块破石头,我翻过去他们还能打断我的腿不成?"说罢,就翻身帅气一跃,眼看就要翻过去。

关旭见江奕就要翻过去了,自己一个人站在原地也不是办法,急中还没来得及思考,就随江奕一起越了过去。

可没想到假山那边没有石头,关旭这么一跃,倒有点过头了,江奕看着关旭惊恐地飞到自己眼前,手疾眼快地拉住了关旭,这才没让他摔下去。

下面虽然是草坪,但经他这么一摔,骨头也会折的。

"……救,救命!"关旭被吓到了,眼睛里都带着泪,他整个身子悬在假山一侧,一只手死命拉着江奕。

这假山造的是有些偏高,可两人是顺着另一边的石头爬上来的,对高度自然没什么感觉。

"你,你别哭啊!"江奕也有些怕了,他拉着关旭的手有些发麻,自己被关旭拽得也渐渐抓不住石头了。

"我就说你不要上来!你不听!"关旭责怪道。

江奕有些烦躁,习惯性想挠挠头,结果手这一松,两人倒一起摔了下去。

"啊啊啊啊啊!"江奕忍住没叫,倒是关旭白着脸叫个不停。

"喂,你叫什么!"江奕皱着眉头,"没看到伤的是我吗!"

关旭这才从惊吓中回神,他们两顺着草坡向下滚的时候,江奕一直帮关旭挡着石头。

所以到头来,关旭只是擦伤加上心理创伤,江奕倒是扭伤了脚,还有挂破了手臂。

两人搀扶着到医务室,不用送医院的关旭被留下来好好地挨批，因为伤重而逃过一劫的江奕只能躺在病房里，闻着药水的味道。

幸好关旭这小子有点良心，知道这次虽然是江奕自己调皮，但最后江奕还救了他，功大于过，养伤期间还时不时来看上一眼。

江奕很欣慰，但要是关旭每次来的时候，不送笔记和作业……就好了。

"真是的！我明明受伤了还要赶作业！"江奕咬着笔，愤恨道，"这都什么跟什么啊！不懂！"

关旭在一旁发呆，听到最后一句好奇地过去瞥了眼，正准备去教，却被江奕拦了下来。

"不不不，你回去说这题我不会就行，不用教。"

"可老师说要我把你教会……"关旭为难。

最后江奕还是无奈地把作业写完了。

"对了江奕，"关旭突然想起来江奕是体训队的，"体育老师让我看看你伤好了没，后天的比赛希望你能去。"

江奕是学校跑步争夺名次的希望，刚进初中就变成体训队的新宠。

"……"江奕犹豫了会儿，"去！"

"可你的伤不是……"

"差不多了，明天就出院。"江奕丝毫不担心，他觉得还是比赛比较重要。

第二天江奕逞强,一瘸一拐地去了学校。

"你没事吧?"关旭看着江奕发青的脸,突然很想笑。

"没事没事。"江奕挥挥手,却一个没站稳,险些又翻了个跟头。

"哈哈,你还说没事!"关旭终于忍不住笑了出来,遭到了江奕的白眼。

"下次不救你了!让你摔成骨折好了。"江奕威胁道。不过再来一次江奕肯定也会救的,如果不救那就太对不起九年的友谊了。

"切。"

第三天,江奕去比赛了,临走前收到了关旭妈妈提供的医药箱一盒。

"我妈听说了你的光荣事件,怕你再摔一跤。"关旭憋笑,把医药箱推到了江奕面前。

江奕有些嫌弃地提着医药箱,在体训队的嘲笑下,郁闷地到达了比赛体育场。

第一场短跑,就是江奕上场。

"三,二,一!"

枪声一响,江奕拼尽全力冲了出去,却不想脚下猛地一疼,江奕面朝地摔了下去。

太……太疼了！撕心裂肺的。

江奕到底是个孩子，还是哭了出来。

结果医药箱还真派了点用场，最终江奕又进了医院。

"哟，小伙子又来了。"护士姐姐笑眯眯地打招呼。

江奕黑着脸躺在病床上。

体育老师带着体训队的人来看了一次，老师一出去，那些队员就笑道："没想到自称江爷的人也会哭鼻子哦，娘娘腔。"

"娘娘腔。"

"要不你改名好了？"

虽然说者无意，但着实伤到了江奕。

"他不是娘娘腔！"关旭正好过来送作业，恰好听到这些人的冷嘲热讽。

"那你就是娘娘腔咯？无聊。"一群人忍受不了正义，噎了关旭了几句，心情畅快地走了。

"今天的作业。"关旭把作业本和卷子往病床上一扔，"今天我忘抄笔记了……"

"你也收收吧，被阿姨知道你那些动作，有你哭的。"江奕指的当然是关旭逃课的事，如果关旭在上课，那肯定是好几页满满的笔记。

关旭被揭穿也不尴尬，吐了吐舌头，无奈道："你怎么什么都知道。"

"那是，你就那点伎俩，太幼稚了。"江奕装老成。

关旭不开心了，还想回嘴，可斗嘴永远斗不过江奕，而且现在江奕是伤员，关旭不和他计较了。

"你又扭了一次？"

"这次好像更严重……"

"活该！我当时劝你你还不听！"关旭冷哼一声。

"怎么搞得你都知道结果啊！"江奕不服。

"那是，你就那点智商，太蠢了。"关旭模仿着江奕的语气，这句话一出，两人都笑场了。

"虽然我今天没听课，但题目我还是会做的，知识点不算太难，我来给你讲一下好了。"关旭打开书包，拿出课本，"数学和科学补一下，文科你自己看吧。"

"哦。"

"笔记明天我去借同学的补一下带给你。"

"哦。"江奕敷衍地回应，一安静下来，脑海中又回荡出"娘娘腔"三个字。

"你怎么了？"关旭见江奕在发呆，问道，"是不是在意刚刚那些人说的话？"

反正心事永远瞒不过关旭，江奕点了点头。

"诶呀，你别在意嘛，他们就是羡慕你带伤还敢比赛的勇气。而且哭是人正常的生理表现，谁规定男生不能哭了？现在是男女平等的时代，他们这种迂腐的思想是要遭到谴责的，你……"关旭滔滔不绝地讲着，忘了要讲题的事。

"谢谢啊。"江奕低着头，静静地思考着关旭的话。

也不是没有道理。

"你以后想哭就哭出来好了，人活着，自己舒服最重要。"关旭最后安慰道。

"那你怎么为了你弟弟妹妹折磨你自己。"江奕顺口转移话题，"明明你很想用功学习，也有那个能力，你偏要逃课，不好好学习。"

关旭哑然。

"我，我不是……"关旭支支吾吾地解释。

"算了，讲题吧。"江奕见关旭不想说起这个话题，也就不再折腾下去，反正关旭这种人，最后肯定会改邪归正的。

实在不行，他还可以背着关旭去找叔叔阿姨谈一谈嘛。

图书馆

方云叶从小坚信一个理念：追着第一跑总没错。

他步入高中的时候，查了全年级的成绩单，于是他记下了一个名字：关旭。

"你们知道吗？"方云叶身边一群男生堆在一起讨论，"那个可恶的年级第一，上次我在图书馆看到他了！"那些男生似乎特别讨厌关旭，不过老师开口闭口就是隔壁年级第一有多厉害，也难怪他们心里不舒服。

"你去图书馆干什么？"

"找漫画看呗！"那个男生十分激动，"早知道他在那边复习，我就不去图书馆借漫画了！"

"他怎么惹你了啊？"

"那天我穿着校服，拿着漫画随便找了个位置坐下，没想到对面就是他啊！他偶尔抬了一次头，看到我在看漫画，就很认真地说了句：'同学，周末看漫画太浪费时间了。'我当时就气炸了！"

"然后你打他了？"

那个男生支支吾吾地回应："我走了……"

方云叶差点笑出来，但脸上依旧没有波澜，他默默记下：年级第一喜欢去图书馆。

于是当天，方云叶就提着书包，奔去图书馆复习了。

果不其然，关旭正静静坐在那边，身边都是各种复习资料、预习资料，还有学校作业。

内心惊讶了一下。方云叶把书包放在了关旭座位对面，然后坐下来小心翼翼地打量着关旭看的书。

见关旭依旧没有反应，方云叶就不顾忌什么了，一边看着，一边默默记下书名。

"同学你有什么事吗？"关旭早就感受到方云叶的到来了，被方云叶这么盯着，他有些不自在地问道。

"没。"方云叶尴尬地起身，去书架中找书了。

象征性地找了几本书，方云叶就回去了，坐在位置上开始做作业。

做着做着，就遇到难题了，对面关旭也眉头紧锁着，在草稿纸上写着。

"请问一下……"两人同时抬头说道。

"呃……你先讲吧。"两人又同时开口。

"咳，这题怎么做？"方云叶见关旭没有要开口的意思，便抢先开口。

"啊，我也在想这题。"关旭很惊喜，把草稿纸往方云叶那边一摆，开始讲自己的思路和困惑之处。

方云叶也把自己的思路抖了出来，两人你一句我一句地小声讨论着，突然间，不知谁先写了一个公式，然后顺着公式向下做，居然就解出来了。

"哇！"两人十分骄傲地看着密密麻麻的草稿纸，很有成就感。

"我叫关旭，六班的。"关旭在走前才想起要自我介绍。

"方云叶，八班。"方云叶象征性地握了握手，内心无比满足：终于和年级第一交朋友了，以后作业不会的题都可以当天解决了。

丁弘越坎坷的追梦之路

我叫丁弘越，和同班的白小岚、方云叶一样，喜欢唱歌，想站在一个大舞台上绽放自己的光芒。

我很想加入LEMON，而且我在白小岚和方云叶刚刚创立一个概念性的组合时，我就开始关注他们了。

我曾经犹豫过，我在想，我到底要不要鼓起勇气对白小岚说："我要加入。"犹犹豫豫着，我发现，他们的组合人越来越多，而且里面的每一个人，都有自己的特长。

关旭和方云叶是学霸，白小岚有毅力与勇气，叶玄有非凡的作曲天赋，江奕有发达的运动神经和服装设计方面的天赋。

一切的一切，都成了我鼓起勇气的阻力。我和白小岚不熟，我只是单方面关注他的组合而已，我学习不好，体育不优秀，在音乐方面也没有突出的特长，而且唯一会的吉他也是入门级的水平。

看着LEMON开始渐渐成长,开始进行各种表演,我只能羡慕,也感到了自己和他们的差距越来越大,甚至,无法逾越。

直到他们参加完省赛回来,我才下定了决心,找到了白小岚,希望加入他们。白小岚的表情有些为难,但我明白,如果这个时候我自己主动放弃,那我真的一点机会都没有了。

我去看了他们的排练,很累,但他们都很开心。我去的那天,正好方云叶生病没来,白小岚想让我帮助他们站个位,没想到却被大家误会了,叶玄更是对我出言不逊。

从那时我便知道,我与LEMON无缘了,而且导致这种结果的人,就是当时犹豫不懂抓住机会的自己。LEMON的成员已经无意识地成了一个密不可分的整体,多个人少个人,都不行。

第二天,方云叶回来了,我在听到白小岚喊站位时,很自然地站到了方云叶的位置,但下一秒,我就后悔了,我居然忘了今天方云叶回来了。

方云叶的处境比我还尴尬,他有些愤怒地对我说了什么,我忘了,我只是觉得他很可怕,而且这里,起码现在,已经不欢迎我了。

不知道他们之间能不能消除误会，反正我已经彻底没希望了。

令我惊讶的是，他们居然整体来道歉了，还鼓励我，让我坚持下去。我有些感动，与LEMON和好了，而且我确实照着他们给我的建议去做了。

于是我也决定要自己创立一个组合，第二天我充满干劲地开始找我的队员。

我也确实找到了几个，我和他们成了好朋友，一起为我们组合的未来筹划。

我们甚至计划好要参加一个小型比赛，也分好了工。

可尴尬的是，当我催促他们赶紧出成果时，他们一个个都支支吾吾的，用各种理由，说他们不想干了。

当我质问他们是不是真心想参加比赛的时候，那些人居然理直气壮地对我说："我以为你在开玩笑。"

过家家吗！

我恼怒了，一气之下与他们绝交了。这次挫折摆在这里，我整个高中，就再也没有提过成立组合、追逐梦想的事情了。

我躲在家里一遍遍地看那天LEMON在全国赛的表演视频，是那么光芒万丈。

可我还是没有行动。

直到大学毕业，我再次看到这段被我一直珍藏着的视频,我才决定,我要为自己努力奋斗一次。我要来一次,永不放弃的征程。

于是我去了演艺公司,报名参加了练习生培训,第一次被刷下来了,但我积累了经验,第二次,我又参加了练习生培训,又被刷下来了。但我又积累了经验。

不知道被刷了几次,哭了几次,在数不清第几次的选拔中,我以第一名的成绩,正式出道了。

在某次音乐节的颁奖典礼上,我说:"……我最感谢的,是我高中时期遇到的一个校园组合,是他们的能量激励了我前行,虽然他们已经解散,但我还是想对他们说:'谢谢你们,LEMON。'……"

谢谢你们,LEMON。

—END—